怀念一条径

查理森——著

漓江出版社
·桂林·

图书在版编目（CIP）数据

怀念一条河 / 查理森著. -- 桂林：漓江出版社，2021.8（2025.1重印）

（中国村落文化丛书）

ISBN 978-7-5407-8923-7

Ⅰ. ①怀… Ⅱ. ①查… Ⅲ. ①散文集－中国－当代 Ⅳ. ①I267

中国版本图书馆CIP数据核字(2020)第178527号

怀念一条河　HUAINIAN YI TIAO HE

查理森　著

出 版 人：梁　志
责任编辑：李　慧
装帧设计：黄　洁
封面题字：查振科
书　　法：唐楷之
插　　画：蒋　泳
责任校对：王林秀
责任监印：杨　东

出版发行：漓江出版社有限公司
社　　址：广西桂林市南环路22号
邮　　编：541002
发行电话：010-65699511　0773-2583322
传　　真：010-85891290　0773-2582200
邮购热线：0773-2582200
电子信箱：ljcbs@163.com
微信公众号：lijiangpress

印　　制：三河市嵩川印刷有限公司
开　　本：787 mm × 1092 mm　1/16
印　　张：16
字　　数：180千字
版　　次：2021年8月第1版
印　　次：2025年1月第2次印刷
书　　号：ISBN 978-7-5407-8923-7
定　　价：69.00元

目录

序

人间有味是清欢

故人何得不同来

一任斜阳伴客愁

序

怀念一条河

确切地说，这条河应该是一条江，学名叫作青弋江，只是当地人一直都以“河”来称之。其中原因可能是当地人日常见到的只是流经他们生活区域内的这一段水面，而没有从全景上领略过她的气势；也可能是当地多山，见惯了山的人，对江总是有过于雄伟的猜想，对眼前这条宽不过百米的水面，想当然就固执地认为只能算是一条河了。而她对此却并不在意，不管是叫“江”，还是叫“河”，漫漫岁月里，她都在默默地灌溉着数万亩良田，养育着一方百姓。土地需要她的乳汁，百姓需要她的滋润，从诞生那一天起，她就成为流域内方圆几千平方公里数十万子民的生命之源！

我有幸从小就生活在她的身边，长在一个叫作泾县的皖南小山城。也许正是因为有了这条河，这个不太大的山城，才有了值得自豪的历史、文化。一句“汉代旧制，江左名郡”，就已将这座小山城的来历和光荣做了淋漓尽致的表达。最早的县城，临水而建，一条南北走向的青石板小道，沿着河流蜿蜒而行。河的东岸，就是县城所在。那条绵延十多里长的青石小路，就是县城最原始、最古老、最基本的交通构成，人们习惯于称之为南街、北街。河与城之间，是一道高十余米的城墙，从河的西岸看过来，整座城就坐落在这道城墙之上。而城里人下到河里去担水、游泳或是浣衣、洗菜，就得过自南而北设置的南水关、西水关、北水关这三个通道，经过百十级的台阶后才能亲近这一片水面。

小城临河而建的道路两旁，是摩肩接踵的两层楼构制的徽派建筑，自古便是前店后厂（作坊），楼上住家、楼下营业的商住两用房产。这些建筑，砖木构造，虽不见豪华的雕梁画栋，但也不乏具有徽派特色和民间朴实风格的木雕砖刻。在我出生的二十世纪六十年代初叶，随着小城更东边的新城的建设，这条街早已没有了商贾脚夫日夜奔走的踪影，所有房产的商业用途也基本上不复存在。一幢幢古老屋宇的楼上楼下、前厅后院也都改做了不同阶层人士的居家之所。只是从道路中间排列整齐的一块块长方形的青石板上，仍然可以寻觅到当年的繁荣印迹，这就是深深勒刻进石板中央的那一条条车辙。在多少个夏夜星空下，沐浴着从水面飘来的凉爽南风，街坊老人们常常指着这些车辙，给我们讲述当年这里的繁华和热闹。话题总也离不开咫尺之遥的那片水面，给我们重现了溯流而上去寻访“十里桃花、万家酒店”的李白的帆影。那时，在他们的眼里，流露的不仅有对过去岁月的缅怀，更有对创造了这个繁荣的前辈们的崇敬。而这一切，又都是因为有了这条河。

这条河有我童年的欢乐，这条河有我生活的记忆，这条河有文化的灵气！我的孩童时代，没有那么多可供游戏的场所，这条河，便成为我和小伙伴们的游戏天堂。最盼望夏日的到来，我们可以置家长的反复叮嘱于不顾，也不怕将尚未成熟的身体赤裸地暴露于光天化日之下，常常是脱个精光，钻进河里，和小鱼一起戏水。

那年月，小城里只有极少的几个单位用上了自来水，可以足不出户就能完成洗涮等事务。而绝大多数人家，生活中一切需要水的所在，都全指靠着这条河。洗涮要去河里，吃水要去河里挑，至于在更久远的之前，当汽车和公路还未在这里普及之前，要去南乡或北乡，也得从这条河里乘船才能到达。

在我记事的时候，这条河的航运价值已大大打了折扣，每年，只是在初春时节，才能在河面上看到一条条绵延近百米的竹排自南而北，随流而下。这是山里人将一棵棵粗壮的毛竹用这种“顺水推舟”的古老方式运到下游的城市去出售。“靠山吃山”是山里人千百年的传统，而使这一传统得以继承的，却是这条不知疲倦、不舍昼夜奔走的河！山水相依，互为生命，在此时有了最直观的诠释。

记忆中，这条河里的水清澈见底。春夏时节，水草、小鱼常在我们眼前游动，多到只要拿碗或盆在水里随便一舀，就会舀上数十条小虫般的小鱼苗。看大人们悠闲地在河边垂钓，我和小伙伴们也寻来一根细长的竹竿，买来鱼线、鱼钩，再到房前屋后挖出地里的蚯蚓做诱饵，到河里钓鱼。虽然技法不得要领，但也每每都有收获。钓上的鱼，稍大点的，成了我们的盘中美味；而一些太小的，则被拿去喂了鸡、鸭。用现在的话说，这是生态喂养，所以，那时家养的鸡、鸭，味道是真正的香美。

临河而居，城里人把洗涮等一切能用到水的事务都安排在了河里，因此，这条河里就无时不充满欢声笑语。即使是夜晚，河边也少不了洗衣的女人。这多是一些白天忙于生计，只有夜晚才得空闲的人，将一天积攒下来的衣物等拿来清洗。夏日的夜晚，河边更是热闹，常常到了后半夜，这里仍然不时有捣衣声有节奏地划破夜空。而往往在洗衣的女人身边，都有一个孩子或端着手电，或提着油灯，为她照明。星星点点的光亮和飞来飞去的萤火虫一起，把这条河点缀得如童话世界一般。这样的画面，深深地刻在了我的记忆中。

每天曙色微蒙时，就有为开水铺担水的挑夫一步步蹚进清凉的河水，将两只硕大的木桶摁进水里，提起时，已是满满两桶清水，再一步步走完上岸的石阶，送到铺子里，从早到晚，要保证铺子里的几口硕大的水缸始终不空，如此，他们每天都要从这台阶上上下下近百次之多。这百十级的台阶，从某种意义上讲，也是小城孩子成人礼的课堂。无论男女，长到了能肩挑两只水桶到河里担水的年纪，就似乎是在告知人们：他已经长大成人，可以承担生活的重担了。

当然，这条河在我的记忆中，也并不始终是温柔多情的，她也曾在夏季山洪暴发之时，变得狰狞可怕。浑浊的河水裹挟着大树、沙石，甚至有挣扎的家畜咆哮而来，给小城带来了恐惧和不安。这段抗洪防灾的日子每年总要历经十多天时间。

对这条河，我还有一个十分浪漫的憧憬。中学时从老师和长辈那里听说，唐朝大诗人李白当年就是从这条河上乘舟去了上游的桃花潭，并在那里留下了一段关于友情的故事和一首千古绝唱：“李白乘舟将欲行，忽闻岸上踏歌声。桃花潭水深千尺，不及汪伦送我情。”读这首诗、听这个故事，我便计划着能在某一个春和景明、山花妖艳的日子里，约上三五好友，弄它一条小船，溯流而上，饮酒观景，岂不风雅快哉？

而这浪漫之旅，直到我在 1979 年离开这里远赴四川求学时，也未能实现，成为一个遗憾！更令我没有想到的是，这遗憾竟延绵至今！

这些年在外谋生，回乡的次数少了，心中却常挂念着这条河，多少次曾在梦中回到戏水垂钓的少年时光，也曾多次向家乡的人问起这条河，得到的信息让我吃惊！先是听说因新修的致力于发电的运河需要大量的水资源，政府已在上游做了导引，将本应流进河里的水流引到了那条运河里，当然，这样做显在的一个好处是，过往多少年里山洪肆意、水患害人的危险不再重现，但河里的水日渐少了，鱼虾等小生灵也渐无踪影；

再后来听说政府搞城市开发和改造，已将沿河而建的具有数百年历史的北街上的老房子统统拆除，统一开发了六层高的居民小区。如此，不仅河里水流不盛，河的东岸也再无蜿蜒的青石小道和那些极富韵味的徽派建筑！

将信将疑中，一年前我回到了这座小城，重新走近了这条河——少年时的美好记忆一时间荡然无存！曾经百米宽的水面，如今只有不到二十米，仅存的这幅水面，也不再清澈和灵动；水边原先错落的供人们洗菜浣衣的青石台阶也成了断壁残堰；护卫着这条河的高大的城墙，早不见了当年的青藤和花草，面相斑驳而狰狞；墙下近两米宽的人行小道已变得坎坷崎岖，难以通行！偶尔见到几个在河里洗涮的妇人，却是在用力地冲刷着一只污黑的拖把！河对岸那一片原本草木葱郁的江心洲，也已一片荒凉，只隐约可见无序的几片菜地里，一些“蓬头垢面”的蔬菜在艰难地生长，却毫无生气。整个景象，如同经过一场浩劫！我有些怀疑自己的眼睛：这就是全城儿女的母亲河吗？这就是印刻下我童年欢乐的幸福河吗？这就是迎送李太白的诗情河吗？我真的不敢相信！更不愿意相信！

然而，这一切却是真实的现实！

站在河边，我真的是欲哭无泪！常年在外，我无法评价家乡这些年来对城市改造的功过，也不能对当下小城的风貌按我的审美标准去定义美或丑，我所能想的只是：是不是在我们要建设新的所在时，就必须将过往的真实存在一扫而光？是不是推倒重来比维护修缮来得更加痛快？现实需求和历史记录，有没有可能和谐共荣？

我知道，在这里我找不到答案，也没有人会给我答案。我所能做的，就是挽起裤脚，再一次慢慢地走进河水里，去体会这条河的伤痛，虽然我知道此刻和我肌肤相亲的河水早已不是当年洗涤我疲惫身躯的那河水，但在我的双脚被河水拥抱的那一刻，我忽然有了这样的感悟：河道可以干枯，水流却永远充满生命！

令人欣慰的是，春节期间，家乡的老同学告诉我，县里从去年起，开始了对这条河道及周边环境的治理，处罚了一批在河道里私采乱挖河沙的不法之徒，并对我们从小就憧憬的那块叫江心洲的土地进行统一规划治理，目标是打造一个临水的绿洲，让百姓有个心旷神怡的休闲、娱乐场所。听到这个消息，我很兴奋，仿佛又看到了这条河清澈、灵动的面容和周边花红树绿的风景，恨不得马上就赶回去，见证我怀念中的这条河的变化，去与友人一起实现效仿李白乘舟寻访桃花潭的梦想！

我深深地怀念这条河，她酿就了我生命的第一杯醴浆，润泽了故乡的漫漫岁月，在我的心头留下了朴实的诗意回响，我愿意永远地为她歌唱！

我真诚地祝福这条河，愿她重新焕发碧波清流的风采和神韵，展示人与自然和谐共生、人与人和睦相处的温馨画卷，扮靓故乡每一寸美好的时光！

人间有味是清欢

香菜香，乡情长

东南西北中，口味各不同。山西人爱酸，上海人喜甜；四川人不怕辣，湖南人辣不怕。每一个人的记忆深处都珍藏着一份对家乡味道的留念。这份留念，随着岁月的流逝和生活的变迁而日久弥坚，永不改变，浓缩、积淀成游子绵绵的相思情，成为温暖心灵的人文情怀。或许正是这份情怀的感染，当你问一个地道的皖南泾县人，让他随口说出家乡的三种美味，他会不假思索地回答：香菜、辣椒片（酱）、腌生姜（或豆腐乳）。而如果要求他再说出其中之最时，他肯定会毫不含糊地回答：香菜！

哦，香菜，这样一种由最普通、最平凡的白菜加工而成的腌制菜品，已然成为思念家乡、牵挂亲人的金丝银线，成为皖南泾县人世代都不会忘记的美食佳肴！

似乎没有谁确切地考证过泾县香菜起源、命名于哪个朝代，只知道我这辈人和我的上辈及上辈的上辈，百多年以来，家乡百姓无人不是从小就认识了它，无人不是从小就接受并迷恋上它的味道。随后的岁月里，你可能走南闯北，漂洋过海；你可能少小离家，老大归乡，尝遍天下美食，仍然会对它念念不忘；远游异国他邦，想起它的味道就是想起了家乡。

说起来，这个香菜制作上其实并没有什么奥妙。也就是在每年的深秋初冬时节，具体应该是在霜降节气之后，人们便将一种茎白而长、叶绿而脆的白菜——家乡俗称之为高脚白，又叫高秆白——洗净，切成长短合适的尺寸，摊开在阳光下曝晒数日，再加盐揉压后搁置数日，复又摊开，依据各家各户的口味习惯，加入适量的辣椒面、茴香粉、麻油及少许的白糖，一起拌匀，就勾兑出了集香、辣、咸、脆于一体的滋味，佐餐、伴茶，皆是上品，成为当地饮食文化的一个耀眼亮点。之所以在这样一个季节里开始这一劳作，原因之一是经秋霜的滋润，白菜会有一种淡淡的甘甜；再一个原因就是，在农业完全靠天吃饭，尚没有大棚等种植技术的年代，到了冬天和寒意料峭的初春，土地进入了休眠期，暂时无法为人们提供新鲜的蔬菜，这样一来，人们会有几个月的时间都要为吃菜犯愁。所以，抓紧在这段将冷未冷的时节，将丰产的白菜加工成香菜储存，不仅可以满足口舌的一时痛快，也是为春荒时节储备生命所需的能量。储存香菜的传统习惯，大多是用瓦罐或玻璃瓶，将做好的香菜装进去，一点点压实，再用蒜泥封口，待到来年春天，开瓶便是香味

迷人。在新鲜蔬菜奇缺的春荒时节，香菜就成为人们餐桌上主打的菜品。当地人不无夸张地说：没有鸡鸭鱼肉不要紧，只要有一碟子香菜，日子就能安稳地过下去。

毫不夸张地说，制作香菜是当地一个盛大的节日，是一场饮食文化的隆重仪式。以我当年居住的那条临河的小街为例，记忆中的场景是，当太阳初升、天地微明之时，城郊的菜农便或肩挑或用小板车拉着，将一棵棵水灵灵的高脚白陆续送到街坊家中。渐渐地，整条街道就开始忙碌起来。街坊们一面像招待亲戚一样，让送菜的老乡喝上一杯热茶，去除清晨的微寒和路途的劳累，一面安排家人将分好的菜一筐筐、一篮篮拿去临街的青弋江中清洗。这时的江面上，弥漫着乳白色的淡淡水汽，江边的青石台阶上，整齐地码放着一排排一堆堆鲜嫩的白菜，街坊们都自觉地按先来后到的顺序，轮换着在近水的档口清洗自家的白菜，随口聊着一些家长里短、风花雪月。清澈的江水，带走了菜上附着的污浊，也将人们的笑语传向远方。一时间，人们都仿佛忘却了清晨的寒冷，生活的热情和希望使这段时光变得温暖而喜悦。洗净的菜，有的被一棵棵挂在街道两旁的竹竿上，远远望去，像是一列列士兵在接受阳光的检阅，沥下来的清水将街面染出一片潮湿；有的则被整齐地堆置在房前屋后，宛如一道道青白相间的屏风，丰富了小街深秋的色彩。也有淘气的孩童，将大棵的白菜当作刀剑，在潮湿的街面上追逐、打闹。他们的嬉戏为这一场生活的情景剧增添了更多的轻松、愉悦，大人们也就顾不上对他们的行为做干预和制止了。

多少年来，泾县人外出，再多的行李中总少不了一罐香菜。

待沥干多余的水分，人们便将这些白菜一棵棵取回家中，安排家里的劳力或半劳力，把它们按既定的要求一根根切出来。现在想起来，在整个香菜的制作过程中，切菜当是一个技术含量较高的环节。切得快了，不仅菜的品相不好看，也容易被刀伤着手指；切得粗了，既影响其晒干的过程，又不美观；而切得过细，晒干后又会变得如柴棍般涩硬，难以被佐料浸透，会直接影响菜的味道。所以，承担这一重任的往往是家里心细的老人或妇女。见他们系上围裙，套上护袖，坐在一个放好了砧板的大木盆或木桶边，有节奏地一刀刀将一棵棵白菜切成约莫一厘米宽、六七厘米长的条状。当锋利的金属刀片接触到水灵灵的白菜时，便传出一阵阵沙沙的声响，像音乐一般拨动着人们的心弦。人们手不停，原本丰满的白菜在他们手下完成了体型的转变；人们口不停，多少陈年往事、生活故事，化解了劳作的艰辛。切好的白菜，被摊置在院落、屋顶一只只竹编的簸箕里，接受着温暖而不炙热的冬阳的爱抚，渐渐地挥发掉多余的水分。整条街道，会演着一曲生活的恋歌；整条街道，飘逸着新鲜蔬菜的清香和微甜。

多少年来，泾县人外出，再多的行李中总少不了一罐香菜。在他们的心中，带上的不只是一份佐餐的美味，而是带上了浓浓的乡情。爱香菜、吃香菜，似乎成了泾县人的鲜明地域文化特征。在外地，很多人就是通过香菜，结识了原本不熟悉的同乡。同乡之间，谁有一份来自家乡的香菜，便会毫不吝啬地招呼上远近的乡友，分享这一份乡情，共叙对家乡的相思、相恋。对家乡过往的温馨回忆，对家乡未来的向往之情，都融进一根根香菜之中。舌尖上是香菜的滋味，心尖上是家乡的情谊。足以自豪的是，香菜已不仅仅是泾县人的独宠，还征服了大江南北食客们的味蕾。即使是在以“会吃”著称的四川，许多食客也折服于这一产自皖南的菜品。我在四川求学时，每次从家乡返校，都会带上一大罐香菜，要不了几天，就会被来自各地的学友们分光吃尽，并反复叮嘱：下次得多带点来。有了它，当地著名的泡菜、榨菜都仿佛在一时间失去了宠爱。泾县人爱香菜吃香菜，是因为其中富含家乡的情感因子，而外地人爱它、恋它，也不难品尝出其中的乡情，更会触发他们对自己家乡的思念，对家乡味道的追忆。

一个十分有意思的现象是，虽然周边一些地方也制作同样的香菜，但似乎都不如泾县的香菜受欢迎。泾县香菜的美誉随着岁月的脚步不胫而走，成为家乡响当当的一个名牌！个中原因，没有人去探究，都默然地接受了这一事实。细想起来，对制作过程的考究，对每一道环节的用心，也可能就是泾县香菜“味道好极了”的密码之一了。

离开家乡几十年光阴中，也品尝过一些同城乡友辗转带来的香菜，但品味之下，总感到少了儿时记忆中的滋味，不像过去那样香了。起初是以为离乡日久，对味道的感觉有了变异，但在和大多数乡友交流之后，才发现这是一个共同的感觉。经过了解，得到几种不同的回答。一是说香菜不香是源头出了问题。理由是这些年来化肥的过量使用影响了作为香菜原料——白菜本身的天然味道，做出的香菜味道自然就不如从前了。二是说人口越来越多，按传统的做法，香菜的产量跟不上需求，于是，一些老乡想出了办法，来不及露天晾晒，就用机器等科技手段快速脱水，这样急就章做出来的香菜自然就少了原本的滋味。虽然对这些传闻的真实性我没有去考证，但味道的变异却是不争的事实。即便如此，泾县人对香菜的喜爱仍然势头不减。我知道，这一碟看似平常的香菜，在每个泾县人的心中，已化作了浓浓的乡情，是对家乡深深的思念。似乎是要维护泾县香菜的名声，乡友们再得到香菜时，为了增添诱惑力，总会特意说明，“这是专门找人按老办法做的”。

由此我在想：对待传统，是不是维护、继承比改造、重塑更加重要？或者说，本性的东西，是不应该随着时代的变迁而改变的。因为每一个传统的产生和延续，都是历经了漫漫岁月的洗礼、积淀，饱含了许多后代人所不了解的成功与失败，贸然的改变，表面可能是技术的进步，本质上却是对若干年形成的文化积淀的破坏和否定。如果认识不到这一点，改变的可能不仅仅是传统本身，更多的会是人们对传统的尊重。在这个意义上看，失去了传统，扬弃了积淀，香菜自然也就不“香”了。

欣慰的是，传统正在被重新认识并继承。近些年来，家乡人看到了香菜已有的和潜在的市场需求，有意要恢复传统的制作工艺，扩大它的销售，并将它真正打造成为家乡的特产名片，造福乡里，滋味人民。我对此寄予厚望。我真的希望，这一份饱含浓浓乡情、乡恋的香菜，不仅可以慰藉乡友们的心灵，更能让所有爱它的人们，勾起对故乡的绵绵思念、对民俗的深深挚爱。

方片糕，步步高

中国是礼仪之邦，民间自古以来都有礼尚往来的传统。逢年过节、婚丧嫁娶、升职升学一类事体，亲朋好友，远亲近邻，总免不了会随份礼，表达或同喜或同哀的心意。礼，不在厚薄，讲究的是内涵，是关爱；体现的是情怀，是心意。而春节是中国人的大节，这期间的礼尚往来就是最隆重、最讲究的。

各地可能都有多种不同的春节礼品，蕴含了各种不同的意义。在我的家乡皖南泾县，记忆中，春节或是端午、中秋等大的节日期间，人们走亲访友所携的礼品中，总少不了当地的一种特产，其名曰方片糕，标准的尺寸大约在一尺长、四寸宽、两寸厚的模样，按条计数，每条在一市斤左右。按不同的原料配比，又可细分为万字糕、麻烘糕、果仁糕等几种。所谓万字糕，即在糕体的中心部位，用一种由果肉染色而成的青、红、绿等色丝状物质排成“卍”字，寓意健康、长寿、快乐。这类糕点，因其中心色彩的鲜艳而格外引人喜欢，特别是深受孩童的青睐；所谓麻烘糕，顾名思义，就是在糕体中加入黑白芝麻，形成麻点状，再利用糕粉的黏性，将其聚合成一块，吃起来香甜可口，也是营养价值较高的一种糕类。而果仁糕，显而易见是糕体中含有各种不同的干果果仁，如核桃、花生等，使其除了米粉的糯香之外，又兼具干果的甘甜，也可算是别有滋味吧。

方片糕的制作是一个比较复杂的过程。它的主要成分其实很普通，以上等的糯米为主，洗净后上竹制的笼屉蒸煮成米饭，再均匀地摊开于太阳下曝晒，还原为一粒粒坚硬的阴米（因其大多制作在冬季，所以又俗称冬米）。待需要制糕时，先在一口大铁锅中将淘洗干净的细粒河沙大火炒热，加入适量阴米，沿着锅的内壁，略点几滴菜籽油，快速翻炒，高温便通过热沙均匀地将阴米爆为发米，用这个发米碾成细粉，就有了制糕所需的主体产品——熟米粉。因其已熟，故亦可即食。在牛奶及奶粉尚未普及的年代，包括我在内的家乡孩童幼小时节在母乳跟不上需求时，往往会以此为主要辅食。

糕的制作，就是将这种米粉加入适量的水和白糖拌和，按比例均匀地铺置于一个特制的木匣之中，再放入所需要的青红丝、果仁、黑白芝麻等，再覆盖上一层厚薄合适的米粉，接着，便用特制的方木夯实成一个整体，连匣一起入锅蒸煮十多分钟，取出后用刀分割成一个个长方体，再将每一个长方体切成一片片薄片——刀功非常重要，刀刀用力，却并不一刀到底，要略留一丝丝的关联，才能保证整条方片糕不断裂。切好后，又会在糕体上用特制的模具，蘸上食用红色色素，盖上厂家的标记或是喜庆图案，置于库中晾干后即可食用。因为糯米的黏性很强，所以虽然切成了薄片，但仍可保持洁白、完整的外形，只能从糕体的表面看出一道道刀痕，食用时，就循着这个刀痕，一片片掰开，以松软而不散塌、完整而不易碎为上品，方片糕便由此得名。又因其白而薄，有人又美其名曰云片糕。以白云誉之，多少增添了它的文化和美学含量。

能如此不厌其烦地说出方片糕的制作流程，是因为我从小就生活在食品厂——传统的叫法是糕饼坊，打能记事时就目睹了方片糕的制作，当然也是方片糕的铁杆“粉丝”。并且如果不是在高中毕业那年，迎来改革开放的好时代，顺利地考入了大学，我肯定就是一名手艺不错的糕点师了。但此文显然不在于显摆我的食品文化知识，而是想说一说它所体现的一种民间风俗的意义，一种地域文化的价值。

上文提到礼尚往来，方片糕就是春节期间乃至重要交往时我家乡必不可少的礼品。因其有“糕”这个字，而“糕”又与“高”谐音，所以在很会因文生义、对美好生活深怀向往的家乡父老眼中，这个礼品就有了不同寻常的含义：送糕，意味着祝人家“高升、高就、福星高照”，透着吉利、祥和、幸福。这时，糕就不仅仅是食用意义上的物品了，已然成了一种形而上的文化载体。但凡礼尚往来，别的东西都可以收下，唯独方片糕是例外，要不原物请客人带回，要不另换一条请其带走，都视作回礼，但更重要的寓意是也祝来人一家高高兴兴、高升高就，大人们说这就是“糕来糕去（高来高去）”的意思。

在眼下这个物资丰富，中外食品令人眼花缭乱的时代，方片糕可能早已不入孩童的“法眼”，在有些地方也可能淡出了节日礼品的行列，人们更不会因寻不到一条糕而犯愁。但在我的孩童时期——二十世纪六七十年代，往往就有很多人家会为此而煞费苦心。那是一个物资严重匮乏的年代，几乎任何物资都要凭票证供应，方片糕因为是粮食制品，所以，买一条需要二两粮票。对于吃供应粮的城里人来说，平时节省下些粮票，在年节时用于购买这类食品似乎还不是大的难题，但对于并无粮票工资、吃粮靠自种、收入靠工分的乡下农友来说，要寻得几斤粮票、几角钞票派这样的用场就有些困难了。

然而，再难，日子也要过；再难，礼数不能少。我曾经听到一个故事，说的是有些收入甚微的农家人，苦于在年节时拿不出货真价实的方片糕，便想出了一个应对之策。因为了解“糕来糕去”的习俗，知道送到亲友家中的方片糕，对方一般是不会自己食用的，大多会当作礼品回赠或在更多亲朋好友之间转赠，所以方片糕也就成为一种超乎食用价值的象征性礼品了。于是，这些朴实的乡友，激发出惊人的聪明智慧和创造天赋，试着用黏土或比重合适的木块，精心制作成方片糕的模样，再裹以流行的包装纸，一条礼节意义上的方片糕就此诞生！这样一条方片糕在亲友们之间“糕来糕去”，送来送往，谁也顾不上，本心更是舍不得拆开食用，它也就成为一个祝福的符号游走在民间。不过，这个智慧有时也受到挑战。传闻有一家孩童，不明就里，在大人不注意之时，偷偷打开了包装，当发现并不是真的方片糕时，失望之余便号啕大哭，弄得主、宾大人们十分尴尬。好在大家对此乡俗都心知肚明，才未酿成事端。

这个听来令人心酸的故事的真实性虽有待考证，但说它发生在那个年代也是不为过的。你或许会说乡友们不够真诚，在礼尚往来中竟然做出这样的手脚，但如果联系到那个时代的具体情况，对此理解就会多于指责。我非但不去责怪乡友们的小聪明，反而十分钦佩他们的智慧和对生活的热爱。表面上看，这种小手段是在维护一个面子，而实际上，他们是在用自己的智慧维系着文化的传承。手段是迫不得已的。试想，在一个买什么都要凭票证、有票证有时又买不到东西的年代，日子却不能不过，礼数又不能缺少，老百姓除了想出这样的办法，又能做些什么呢？

又一个春节在向我们走来。家乡民间的走亲访友又会进入一个高峰。掸落岁月的风尘，回味日子的甘苦，喜庆、祥和，祝福、感恩，人们对未来的生活更加充满希望。随着时代的发展，物资的丰富，人们的饮食习惯发生了很大的变化，寄托愿景、表达心意的礼品也有了更多的种类，高、大、上，洋、贵、雅，令人目不暇接。人们自会根据自身的财力和需求去自由选择。但我相信，在家乡人的礼尚往来中，方片糕仍然会是当然的主角。“方片糕，步步高”，朴实的语言体现了真挚的祝愿。洁白洋溢着人们给予岁月的吉祥愿景，香糕寓意着人们追逐希望的精神高度！这是家乡人多年来世代相传的一个朴实、温馨的梦想，这个梦想也还会长久地延续下去。

“欢团”圆，庆团圆

像北方人能用面粉制作成千姿百态的美食一样，在以稻米为主要食材的南方，人们以米为原料，也精心炮制出了风味独特、花样繁多的点心。两者不同的是，北方的麦子需要先磨成面粉，才能作为原料进入最终的加工环节；而南方的稻米（主要是糯米），选择性就大了许多。米，可以先磨成粉，再加工成年糕、汤圆、饼等点心，也可以在不改变米颗粒状的原生形态下，直接加工制作出各类小吃、大餐。我的家乡皖南泾县流行的年节点心欢团即是其中之一。

欢团，寓意应当就是“欢欢喜喜、团团圆圆”，作为南方流行多年的一种圆形食品，它的主要材料基本上是两种：一是用糯米经蒸煮、晾晒，再炒制出的、略有膨胀的发米（有的地方也称之为炒米），二是用白糖或麦芽糖熬制成的糖浆。按一定的比例，利用糖浆的黏性，将发米聚合而成像网球或乒乓球大小的形状即可。成品欢团的外表洁白、浑圆，结构松脆，摔在地上便会似银花绽放。讲究的制作者，还会再用竹筷粘上红色食用色素在上面点上一点，白里一点红，犹如雪中梅花，增添了不少美感；也有人会在其中掺入一些桂花、芝麻，既增加了口感，又丰富了整体的色泽。名字寓意吉祥，味道香甜，模样又好看，欢团自然也就受到人们的喜爱。

欢团的“粉丝”主要是儿童。在我的孩童时代，它兼具食品及玩具的双重功效。圆圆的、白白的，像小皮球，孩童拿来在肉嘟嘟的小手上把玩，时不时张开小嘴啃几下，伴着脆脆的声响，米香、糖甜便溢满整个口腔。也有调皮的孩童，拿一对欢团当作皮球，在桌上或床上相对撞击，直到银花四溅，满桌（床）米粒。大人们对此恼不得、气不得，孩童则自得其乐，喜笑盈盈。

可别小看这个食品，在物质生活远不如当下丰盛的二十世纪六七十年代，它并不是轻易就可以得到的东西。总是要等到逢年过节，并且是较大的节日，人们才会置办一些来满足孩童的口腹和待客。那个时节里，孩子们跟着大人走亲访友，口袋里总会鼓鼓囊囊地塞有几只欢团，小人儿便像是士兵获得了战利品一样开心、自豪。制作欢团的大多是一些私人开设的作坊，兼顾为街坊们炒制发米之类的业务。这样的作坊在我居住的那条小街上就有三四家，但最知名的还要算是在小街南端的那家王记欢团店，正宗的祖传手艺，当时的主事者是我父亲的同龄人，据说已是他家的第三代真传。此公身材魁梧，粗门大嗓，为人爽快，干活麻利，即使是在临近春节的寒冬腊月，在作坊里忙活起来，也是只穿一件圆领汗衫，脖子上搭一条雪白的毛巾，时不时擦擦额头的汗水，避免它们滚落到案台上满满铺开的原料中。

临近春节的一段时间里，各家作坊小铺就是整条街上最热闹的场所，从天亮忙到天黑。王记欢团店更是顾客盈门，一家老少六七口人，每天都要在晨曦微露时便起床，炒制发米、熬制糖浆，各自忙碌。午后开始用这些新炒出来的发米加工欢团，也间或帮着街坊炒几锅发米，由他们拿回去加工米花糖或零吃。街坊邻居们都按先来后到的顺序，自觉地排着队，秩序井然。大人们聊着天南地北、新风旧俗，孩子们则好奇地睁大着眼睛看王家人变魔术似的将一盆盆发米做成圆溜溜的欢团。

要将一捧干糙的发米做成一个个浑圆、光洁的欢团，其实并不简单。工具是特别的，虽然看上去很原始、简陋，但却透出民间百姓的勤劳和智慧。一般是用一段直径如成人拳头大小、通体粗细均匀的毛竹（这玩意儿在皖南山区随处可见）从中间剖开，再打通中间的竹节，合上就成了一个圆筒，足有一米多长。欢团的制作步骤是先将一坨坨沾有糖浆的发米间隔着放进一片竹筒中，再合上另一片，然后按小幅的圆周运动，搓动起上下两片竹管，不一会儿，竹筒中的发米便被搓成一个个外表光洁、圆圆滚滚的欢团，倒在一张张硕大的竹席上摊凉后即可食用（当地称为搓欢团）。当一次十来个欢团从竹筒里滚落而出时，就像是一颗颗大粒的珍珠铺开在微微发黄的竹席上，总会引来一阵欢喜喝彩。毛竹里原本有的清香被微热的糖浆和发米激发出来，又融入一个个欢团的体内，也就使得做出来的欢团多了一份诱人的口味。

将这个食物命名为欢团，而不是望形生义地称之为米球，实在是一种很有意境的点睛之笔，恰到好处地体现出老百姓对美好生活的向往，对家人团圆幸福的期待，也就使这一个看似平常的食物有了更加丰富和厚重的人文色彩。比较而言，北方人将一系列面食大而化之地称为面条、煎饼、饺子之类，便显得过于直观和平淡了。细一想，南方制作的食品以团圆为主题寓意的居多，如汤圆、元宵、欢团、麻团等，无不寄托了百姓盼团圆、庆团圆的愿景。用这样一些美好的词语来给重要节庆的食品命名，是不是和南方多山，常年交通不便，而人们为谋生计、事业又需要四处奔波，一家人聚少离多，所以对安稳、和谐的团圆生活有更多的向往和期待有关呢？

童年的记忆中有几年时间，即使是到了春节，也见不到欢团的身影，甚至连欢团的原料之一发米也很少见到了，连同王记欢团店一起，小街上那几家做欢团兼炒发米的小店都关门歇业了。那位王记欢团传人也到县食品厂做了一名锅炉工。彼时正是“文化大革命”的年月，“灭资兴无”“砸烂四旧”的口号每天像从高音喇叭中伸出手来揪人的心。听大人们说，这些私人开的作坊是被造反派当作“资本主义尾巴”割掉了，造反派还发现发米暗含“想发财”的思想，这当然也与无产阶级革命思想水火不容！所以，发米要灭，欢团要砸，要过革命化的春节，要吃忆苦饭、记阶级仇。和我一样大小的伙伴们，怎么也弄不明白欢团和资本主义有什么联系。没有欢团可吃，没有发米可泡，平淡的春节里，便只能在心里偶尔想想，回味一下它那特别的香甜而已了。

不过，革命要闹，饭，不能不吃，年，自然也要过。而过年就总要有些特别的食品、点心，国营食品厂按计划生产的糕点，从数量到质量都满足不了人们的需求，于是就有街坊邻居暗地里恳求欢团传人，请他在下班后偷偷点火开炉，为他们炒制几锅发米，用来做米糖或是给小孩们零吃，而对欢团却是断断不敢去奢望了。少了“资本主义欢团”的春节，少了很多的欢乐。童心未泯，食欲难平，那段光景里，如果知道哪位小伙伴偏远的乡下亲戚家偷偷捎来几只欢团，几个大点的孩子便会串通一气，约他出来一起玩耍，继而编出各种理由和他分享这难得的甜蜜，有时也会为谁少咬一口、谁多咬一口而你推我搡。

食欲是不分阶级的，食欲更可能冲破阶级的防线。当孩子们无法抵御欢团的诱惑时，便会想方设法来满足味蕾的需求。现成的欢团是没有了，但幸好原料基本相同的一种方块炒米糖没被彻底消灭。于是，街坊里几个精明的孩子便想出了一个办法，将几片方块炒米糖放在暖手用的小火炉的铁箅子上烤软，再用两只稍大的酒杯上下夹起来用力捏合成一个圆形，虽然出来的东西只能算是欢团的毛坯，远达不到正规欢团的圆润、可口，有时还会因为火候掌握不好而把糖块烤煳，但终究是将原来方的糖变成了圆的——即使是椭圆的，也多少满足了少儿的口腹，让春节有一丝别样的开心，团圆的美好愿望也算是得到了释放。

靠喊口号过日子的岁月一去不复返了，人们再也不用将团圆的愿望埋藏在心里了。欢团身上被强加的阶级标签也自然就消失了。这些年，不需要再等到过年过节时才能一睹它的芳容，品尝它的美味了，只要你想吃，一年三百六十五天中，你可以随时从市场上买到，花色品种也日渐繁多。但也许很少有人在品尝甜蜜时，会联想到欢团求而不得的那段岁月。想想也是，当团圆的心愿可以尽情地表达之后，其余的情绪不就显得多余了吗？

“欢团”圆，庆团圆，一只欢团，寄托了家乡人美好的祝愿；“欢团”圆，盼团圆，一只欢团，饱含着老百姓朴素的情感。

咸咸淡淡说锅巴

字典里对“锅巴”一词的解释有两种，一是“焖饭时紧贴着锅的焦了的一层饭”，二是“米粟加作料等烘制成的食品”。而在我的食物词典里，锅巴只有第一种定义，就是当年家里用铁锅土灶、柴草取火做米饭时得来的副产品。

家乡地处皖南山区，米饭是一年四季的主食。童年的记忆中，能够和米饭一样充饥的有两种东西。一是发米（有些地方又称之为炒米、阴光或冬米），另一个就是锅巴了。发米有专门的制作工艺，需在冬季将当年产的糯米蒸熟后经过晾晒成干硬的颗粒，储之于瓶瓶罐罐之中。逢年过节或是有喜庆大事要办时，先在一口大铁锅里倒进一些清洁过的细沙，烧热后掺入适量的阴米，用一根长柄大铁铲快速翻炒。受热的阴米便迅速胀发成一锅白花花的碎银玉屑掺杂在褐色的细沙之中。再用铁筛筛掉沙子，便是一捧珍珠般洁白圆润又脆又香的发米了。它除了可以拌糖干吃或冲泡食用充饥，还是加工糕点的重要原料，而糖水发米煮鸡蛋则更是家家户户待客的佳品。因其名中“发”蕴含有发财、发达的意思，它便身价陡增，摇身一变为吉祥食品，显得精致和金贵了许多。

相比之下，锅巴就朴素得多了。那个时候家家户户柴火土灶，做饭是在一口大锅里倒上米，兑入适量的水，靠炉膛里的熊熊烈火煮干水分，再焖上一会儿，香喷喷的一锅米饭就大功告成了。一家老少你一碗我一碗，很快就将一锅饭吃完，再用灶里的余火余温让粘在锅底的那一层剩饭烤得又干又脆，成了锅巴。我们把这一过程叫作炕锅巴，“炕”在这里是烘、烤的意思。大多数人家，一般不会将一锅饭吃得不留余地，而是会将这片锅巴用瓦罐一类的器皿储存起来。在那个物质贫乏的年代，这片又脆又香的锅巴，便是孩子们不可多得的零食、小吃；大人外出务工或是到田间劳作时，也会随手揣上一些，在途中或工间充饥，其作用大抵和今天的方便面类似。

也有例外的情况，遇到某次菜香可口，大人小孩胃口大开，不免多吃几口；或是突然有客人到访，米饭就不够吃了。这时，大人便会在剩下的锅巴上加一瓢水，再次点火烧开成一锅米粥似的锅巴汤。虽算不上正规的米饭，但却有着特别的香味，孩子们都抢着吃，有时甚至喧宾夺主，比米饭更受人们青睐。

柴火铁锅做饭必有锅巴。我一直认为，锅巴是米饭在蒸煮过程中积淀下的精华，身处一锅米饭的最底层，它直接经受着火与铁的炙烤，以一己的干枯传导着热能，才保证了一锅米饭的成熟。从这个角度说，锅巴体现了一种舍身忘我、成就大业的精神，这样的锅巴嚼在嘴里就有了不同寻常的滋味。

早起用开水泡一碗锅巴，就是很满足的一顿早餐了。真正好吃的泡法，是先将足量的锅巴放在碗里，上面洒一些酱油，芝麻油或是猪油也是必备的，条件允许的话，有人还会在上面撒上一些葱花，如果能有个煎鸡蛋卧在碗底则更美了。配料完备后，再满满地浇上刚刚烧开的水，这时，你能听见干脆的锅巴发出一阵阵轻微的声响，是一种被滋润了的快活的呻吟。而被开水冲散后的酱油、芝麻油或是猪油，便会在锅巴之上散成星星的形状，勾引起你的食欲。锅巴还有一个秘密就是“一碗锅巴两碗饭”，因为干的锅巴经水泡后会膨胀起来，一碗就相当于两碗了。

当然，除了用水泡了来当早、中、晚三餐，锅巴最普通最常见的吃法，就是干吃，像嚼甘蔗一样，一小块一小块地放进嘴里嚼，嚼得是津津有味，还能米香四溢，让身边的人馋出口水。闲暇时，我们经常拿几块锅巴在手，满街游荡，边吃边和小伙伴们聊天游戏。为了增加滋味，常常会在锅巴的一端抹上一坨辣椒酱，再从另一端开始，小心地掰下一片，沾上点酱，又辣又脆的锅巴在嘴里被嚼得咔吧脆响，也被辣得小嘴呲啦，却是一种美滋美味的享受。小伙伴之间，关系好的，无以表达，便唯有锅巴了。锅巴还有一个为多数人所不知的药用价值，在老家乡下，

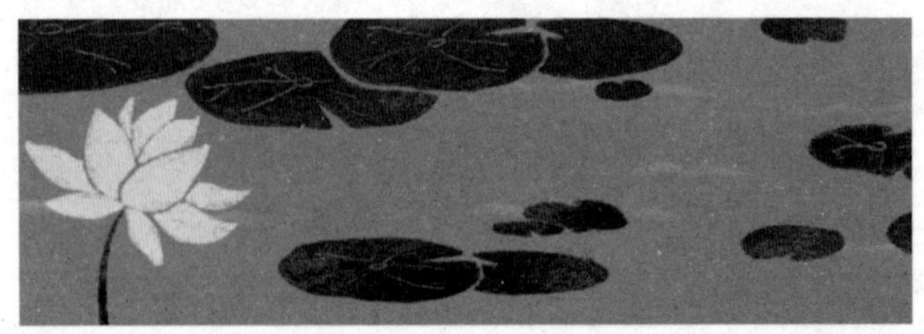

各家总会存一些有意无意烘烤得焦黑近乎炭化的锅巴，据说可以泡水内服，专治小儿消化不良——老家把这种症状叫作夹食。

还记得有因吃锅巴打起架来的事。有次大毛、小成两个小伙伴在下象棋，旁边围了一群同龄观众。棋到中盘，小成举棋不定、心烦意乱，边上的小六子却不管不顾地狠嚼锅巴，吱吱啦啦，惹得他怒从心中起，火向观众发，一把将那看客推倒，大喝：滚一边吃去！在这儿吵得我思路都乱了！小六子自然不甘落败，于是你来我往，一场棋盘上的文斗便演化为街巷中的武打了。

在我上中学的时候，老百姓吃饭还得由国家定量凭票供应，干部是每月三十六斤粮食，工人是三十二斤，中小学生就更少了。正是长身体的阶段，饮食中油水又不多，十分消耗粮食，这个定量的粮食肯定是不够吃的。父亲单位同事吴伯伯家人少不愁吃，看我们吃不饱，便把他家每顿饭剩下的锅巴送给我们。感激之余父亲也不好意思白要，便和吴伯伯商量，算是订货加工，吴家每积攒到满满一饼干瓶的锅巴给我们，父亲就给他五毛钱，多少是个意思。锅巴也是粮食啊，还能解决缺粮票的问题，真是天大的方便了。就这样，一连好几年，这两个老哥们儿私下一直做着锅巴的“交易”，我们也就常常用泡锅巴充当着早餐或应急时的伙食。到我上大学了，吴伯伯就不再给我家锅巴了，他说哪能让一个大学生吃锅巴？而那个时候，我的口粮定量也涨到了每月三十六斤，基本够吃了。

有些肯在饮食上下功夫的人家，动心思能把这普通的锅巴吃出山珍海味的滋味。一种是磨锅巴粉，也就是将多日攒下的锅巴用电磨或石磨磨成粉状，装入瓶瓶罐罐之中，吃的时候盛出一小碗来，拌进点白糖或古巴糖，一勺入口，细嚼慢咽，米香糖甜便在口腔里蔓延荡漾开来，回味无穷。还有一种吃法，就是将锅巴用菜油煎炸——当然，这必须是由糯米饭留下的锅巴，比较厚实，经油炸后，色泽金黄，口感香脆，是备受欢迎的点心。当年，县饮食服务公司每天早晨就有“油炸锅巴”这款早点卖，配着豆浆或稀饭，嚼起来还是很香的。再有一种吃法是进入了徽菜、川菜系列的，学名“平地一声雷”，是将一份完整的带着锅底形状的锅巴倒扣在一只大盘中，再将热的汤汁以满覆盖状迎头浇下去，干脆的锅巴便发出一阵滋滋的声响，这就是所谓的“雷声”了。

民间也有专门制作锅巴的作坊，因为是专门制作，便会有一些附加进去的滋味或花色，算是普通锅巴的升级换代产品，大多是派作年节点心或是礼品的用场。工艺似乎并不复杂和高深，大致是用事先煮熟了的，较为软、烂的米饭，用铁锅铲在烧热的锅里均匀地一层层铺展开来，在一边铺展一边加热中形成焦黄干脆的锅巴。要说技巧，主要在于对锅底火候、火势以及作为原料的熟米饭软硬程度的把握上。

四十多年的改革开放，改变了中国人很多生活习惯。这个当年作为主食补充的锅巴一时间也似乎被遗忘了，不再被人们所看重，尤其是在方便面、方便饭等一些新型的即食食品层出不穷之后，极为普通的锅巴更是少有人问津了。但是，对食物孜孜不倦的追求也算是我们这个民族的一大优秀传统和文化特色，美食总不会被彻底忘却，于是有心人开始做起了新的生意。前些年一度在市场上出现各种口味的锅巴，好奇加上对儿时滋味的怀念，我便买了一些来品尝，才发现这些所谓的锅巴，其实就是用米浆经过机器烘烤形成的一种薄脆的即食食品。虽然口感很脆，滋味又有多种，但少了一种自然天成的感觉，总也吃不出童年记忆中锅巴的那个滋味，只能算是传统锅巴的“升级版”了。也许和我有同样感受的消费者不少，因此，这一类产品在风靡一阵之后，渐渐地就消失了。

相传唐朝时，大诗人李白曾应乡绅汪伦之邀，数度到我家乡一带畅游，不知道当年他们在桃花潭泛舟漫游、诗词唱和时，汪伦是不是用锅巴招待过他？但抗日战争时期，驻扎在云岭一带的新四军官兵们却是真真实实地把锅巴当作行军作战时的军粮。或者可以说，家乡的这道并不起眼的美食，也曾为中华民族争自由、抗外辱立下功劳。也正是因为有这样一层背景，近年来，家乡人开始做起了“红色文化、绿色食品”的文章，把“红色旅游”——新四军军部参观、缅怀先烈与品尝新四军军粮锅巴结合起来，让原本普普通通的锅巴身价倍增。这块小小的锅巴做成了精准脱贫的一个重要产业，据说，和其他各色锅巴商品不同的是，家乡制作的锅巴，仍然坚持以精选大米、铁锅柴火加工，保持着传统锅巴的本色滋味和健康品质。家乡名闻遐迩、滋味深长的特色美食谱系里，增添了新的成员，连 2019 年在家乡举办的“农民丰收节”庆典仪式的主题都和这锅巴有关！真的是锅巴香、滋味长了。

而最让我怀念的还是当年每顿饭后，在锅底自然形成的那片锅巴。嚼在嘴里，品尝的是日子的朴素滋味；泡在碗里，飘逸的是岁月的本真气息。

家在南方面亦香

米面菜蔬，五谷稼禾，总有一些食物让人唇齿留香、回味悠长；酸甜苦辣，喜忧悲欢，总有一些时光让人刻印心上、缅怀难忘。北方面，南方米，自然的馈赠、人类的勤劳，创造了南北不同的饮食习惯、饮食传统，千姿百态，花样繁多，点染着岁月，滋养着人生。

我的家乡在皖南山区，一年两季水稻的农耕传统和收获，养成了人们一日三餐都离不开大米饭的饮食习惯。与之相配的，是用稻米为原料加工制作的各种点心、小吃，粽子、汤圆、年糕、欢团等，每一款都体现出十足的南方饮食文化的特色。至于以小麦为原料的面食，通常不在家乡人的主食范畴，很长时间里，只是作为一个调剂，满足一下口味的好奇，因而也就使得家乡的面食比起北方面食的多彩多姿来，显得那样的单调和朴素。尽管如此，南方家乡的一些面食仍给我留下了深刻的记忆，这其中除了食物本身的味道之外，更浸透着生活的况味、岁月的滋味。

印象最深的是疙瘩头。听老人们说，早年间，家乡有些田地种有小麦，产量不高，农户们收割回来磨成粉，在大米不够吃时，就用它做成疙瘩头充饥，算是度过饥荒的一个权宜之计。然而到了我的少年时代——二十世纪七十年代初叶，它却不知不觉成了家家户户经常要吃的食物，且都是当作主食。究其原因在于那是一段吃饭也要按计划分配的年月，吃什么、吃多少，都要按国家计划标准执行，每个人的口粮都是定量供应。即使是这份不算宽裕的定量口粮，也是大米搭配着面粉以及红薯干、杂豆、玉米粒等杂粮卖给你。放在今天，这些杂粮也许是很多人求之不得的健康食品，可在当年，用它们替代白花花的大米食用，在家乡人看来则百分百是生活质量降低的表现。

大米不够面来凑，习惯了吃米饭的家乡人，也就不得不学会去做一些面食了。虽说都知道在面食制品中，最香、最好吃的当数肉包子，但在连一两猪肉都需要凭票定量供应的光景下，谁又舍得把它剁成馅儿去塞进面皮里呢？简单实用的办法就是把面粉做成疙瘩头了——省时、省力、省油水。

这个疙瘩头，直白地说，就是面块加汤水。加工起来比炒菜做饭、煎炒烹炸要省事得多，也实惠得多，更重要的是成本低、效率高。和上一盆面粉，撒进些盐搅匀，待锅里水烧开后，用竹筷或勺子将面一块块挑进锅里，再加些事先切好的老南瓜块一起煮熟即可。之所以要强调用老南瓜，是因为老瓜耐煮，且色泽金黄，淀粉的含量也较高，足以充饥。也有的人家先将红苋菜洗净、炒熟，待锅里的疙瘩头熟透之后，再放入苋菜，苋菜汁便将锅里染成了一片紫红色。如果能再滴几点芝麻油，让汤汁上漂浮起星星点点的油花，就不仅好看，而且也更可口、香醇了。南瓜的金黄汤汁或是苋菜的紫红汤汁浸着一块块面疙瘩，视觉效果便提升了食物的诱惑力，大人孩子人手一碗，算是饭菜两全了，连喝带吃，也是不亦乐乎。

疙瘩头实惠、耐饥，和南瓜、苋菜相搭配吃起来虽别有滋味，但吃的次数多了，尤其是当油、菜等计划内物资断档，疙瘩头的汤里没有油花、没有南瓜，甚至连一根菜叶都没有时，面疙瘩也就变得索然寡味了。大人们因有了对生活的认知、尝过了生活的苦辣酸甜，总能把最寡淡的食物品出山珍海味的档次，而孩子们则掩饰不了味觉本能的反感，此刻便会表情愁苦，一块疙瘩头要在嘴里嚼上好一会儿，难以下咽，无声地抗议着饮食的简陋，因而也少不了被大人呵斥：有得吃还挑肥拣瘦！饿你们三天，石头都吃得下！当然，呵斥的同时，大人们的心中也是酸苦的——他们也不想让孩子们受委屈，然而，现实的条件却没有办法做出更有滋味的食物。“菽麦实所羡，孰敢慕甘肥”，在吃饱才是第一要务的时候，食物的味道如何，只能靠自己去品评了。

比起疙瘩头这一类粗粮，精致的面条更加受到人们喜爱，那个年月它甚至是民间礼尚往来的佳品。逢年过节，走亲访友，在装满糕点的礼品篮中加一把面条，蕴含着彼此的牵挂、感情的长久，也就算是较重的礼仪了。不过，这类成品面条也不是轻易可以买到的，于是就有些小作坊用简陋的机器加工一些挂面出售。因缺少烘干设备，加工出的面条需要在室外晾晒，当一袋袋面粉变成长长的面条呈现在阳光下时，也就构成了一道独特的风景，洋溢着人间烟火的生机。有次到乡下学农，干活的田边有个面条加工厂，只见一片偌大的场院里，几十排竹竿上整齐地挂满了刚压好的面条，一眼望去，千丝万缕。微风徐来，面条在和煦的阳光下晃动出丝丝银光，也摇曳出淡淡的麦香，给平常的田园增添了些诗情画意。能吃上这样的面条，在我这儿也算是生活美和艺术美的双重享受了。

在南方人的饮食中，汤汤水水是必不可少的，尤其是在吃面食时，更是对汤汁有着特别的讲究。吃面条也不例外，如果端在手里的一碗面条干巴巴的不见汤水，邻居会笑话你“连个面都下不好”。在家乡人眼里，完美的一碗面，当是面条整齐地码放在碗里，被汤水淹过，且覆有肉丝或是煎鸡蛋、青菜等颜色鲜亮的辅料。汤水里还要漂着切得很细的小葱花，和油花一起，荡漾起你的食欲，由不得你不吃它个碗底朝天。像北方人那样吃炸酱面、干拌面，在家乡根本就不可想象。直到现在，一碗配料丰富、滋味十足的汤面，仍然是家乡人早餐的主打品种。即便是吃饺子，家乡也不像北方那样蘸着佐料、另放一只汤碗在手边，而是连汤带饺子盛上一碗，连吃带喝，划拉进肚。

在家乡面食的记忆库存里，最为美味的还是馄饨。比饺子皮更薄、更细腻的面皮里，裹一撮肉馅，又实惠又过瘾。而一碗馄饨好不好吃，取决于汤汁的优劣。当年县城的南门口有一家城南饭店，那里的馄饨肉馅饱满，汤汁鲜咸，绿绿的葱花在汤汁上漂浮，再撒上些胡椒粉，让人吃了这顿想下顿。因为那个饭店离我们学校比较近，我和几个嘴馋的同学便隔十天半月的在放学后用积攒的零花钱去店里慰劳一下自己，每每连汤带水，吃个精光。更有饭量大的同学，捎带上几片香脆的锅巴，浸在汤里，咔吧咔吧，美滋滋地嚼出响声。有个同学的父亲从饮食服务公司下岗，在街头摆了一副馄饨摊子，我们也偶有光顾。老人家认得我们是他儿子的同学，所以常会给我们的碗里多煮上一两颗馄饨，汤汁中也舍得多点几滴香油。有人和他开玩笑：你这么干还不赔死了？老人就会憨厚地一笑：小孩子们，也吃不了多少，赔得起。

南方人嘴刁，对吃总是很用心，即使是吃最普通的面食——馒头，也会想着法地弄出些名堂来。或是把葱花、芝麻卷在面里，做成花卷，有了些咸香的滋味，和着麦香，口感顿时好了许多；或是在发酵好的面团表面，用刀划出一个十字，蒸熟后，就自然地张开成了一朵花儿，我们管它叫开花馍馍。为了增强观赏性，还会用食用色素，在“花瓣”上点缀几点红色，就有了比普通馒头更生动的外观，特别受孩子们的喜爱。好甜口的，会在面里拌些糖精——因为白糖是凭票供应的，不是随便可以买到，物美价廉的糖精便充当了甜蜜的使者，带来些日子的欢欣。有一次，一个小伙伴忽发奇想，用面粉代替糯米粉做起了汤圆，虽然馅料、工序都中规中矩，包裹得也是圆润中看，但在沸水中煮过之后，表面已是糊状，出得锅来咬一口，才发现没有熟透。这次创新以失败告终，也让我们悟出了一个道理：米面各有其长，规律无法更改。

这些年来，生活条件改善了，家乡的面食花样也多了起来，一系列更精致、更美味的面食替代了粗放、简单的疙瘩头。而在林林总总的面食里，最知名的又当数一位赵姓师傅制作的大面饼。这原本只是一道普通的面食，以面粉为主原料，加以几种荤、素的馅料，擀平后放进平底锅里，在炭火上烤至外表金黄，饼面上撒些熟芝麻，好像也并没有什么特殊的工艺，但在赵师傅的精心调制下，却成了远近闻名的美食，“赵大饼”也成为风靡全县、老幼皆知的一个面食品牌。回想起来，这位赵师傅很多年前是我的街坊，打小就熟悉，饮食业是他的本行，但专职做大饼生意，且把一只普通的大面饼做成了响当当的品牌，则是我离开家乡以后的事了。每次回乡，总能听到老同学或家人对“赵大饼”津津乐道，那神情充满了“一日不吃赵大饼，三年不知美食香”的诱惑劲儿。我实在是想象不出一款以面粉为主的食品会有多么大的诱惑力，但能这样受欢迎，想必是有它的独到之处吧。在我的记忆中，当年像赵师傅一样的手艺人不止他一个，有以炸油条闻名的，有以做面条闻名的，还有以炸春卷、包包子闻名的，凡此种种，都有一手绝活，但坚持下来，做到这样的知名度，有这样的品牌效应，似乎只有他。我想，这可能就是一种匠心，一种对职业的执着精神吧。

美食千千万，米面各自香。走过了一段平淡寡味的岁月，今天，家乡的日子过得越来越丰富多彩，面还是那个面，却有了更甘美的滋味。也许很少有人在咀嚼着“赵大饼”的美味时还会想起疙瘩头的干涩，但是，那段岁月却不会被忘怀。因为，只有品尝过平淡和艰辛，才能够咀嚼出真实的甘甜。疙瘩头不仅是家乡的味道，更是一个时代的味道，也启示着人们，生活的滋味，更多时候是需要自己去品味的。只要对生活有信心，总能将苦涩化作甘甜。

家在南方面亦香，香的不仅是馄饨、“赵大饼”，当然还有那原汁原味的疙瘩头。

山芋的N种吃法

红薯学名甘薯，起源于墨西哥等热带美洲地区，十六世纪末辗转南洋传入我国福建、广东，而后向长江、黄河流域及台湾地区等地繁衍。因引自异域，故国人又以番薯称之。据说目前我国的甘薯种植面积和总产量均占世界首位。而在我的老家，人们习惯上把它称作山芋，很多年里它都作为稻米之外的主食，以低调平实的姿态陪伴着父老乡亲度过漫漫的岁月。

山芋对于土壤及生态环境的适应性较强，易成活，产量高，出身虽不高贵却有着丰富的食用和药用价值，据说李时珍在《本草纲目》里就有其能“补虚乏、益气力、健脾胃、强肾阴”的记载。

山芋可谓浑身都是宝，不仅它的悄然生长于地下、淀粉及糖分含量极高的椭圆形（纺锤形）块根是充饥果腹的佳品、酿酒制糖的原料，而且它那匍匐于地面，蔓延生长的茎叶也是很好的菜肴。初夏时节，连片的绿色铺展在漫漫的田野里，渲染成一幅生机勃勃的画面。

当山芋的块根还在地下倔强地生长时，人们便急切地采摘它爬出地面的那一丛丛绿油油的茎叶以满足滋味的需求。当年，用青椒、肉丝炒山芋秆（也叫山芋藤）是家乡人餐桌上常见的一道时令菜品。这道菜最好的做法，是细心地撕去山芋秆表面的一层皮，这样炒起来更能入味，获得清香、爽脆的口感。只是撕皮的过程要有极大的耐心，性急的人是干不了这活儿的。很多人家干脆就省了这道工序，洗净后直接切成小段便下锅，味道虽不受影响，但口感则委实会差一些。

山芋茎叶的食用有极为严格的时间要求，一般是长出地面不久，尚在嫩绿之期，耽误几日，茎叶老了，人就无法食用，只能割来当饲料喂猪了。而这时，真正的山芋——在地下生长的那一个个块根便开始登场，成为人们抗击饥饿、调剂生活的一支重要力量。

国人历来在饮食上有着伟大的创造力，且不说南北大菜、东西美食了，平常如山芋的一类农作物，也会在人们的精心调理下释放出不同的滋味，把对生活的热爱、对生命的珍惜演绎得出神入化，让平淡、简朴的日子有了丰富的色彩和乐趣。

就山芋而言，在我的家乡，人们尤其是孩子们最喜爱的吃法当数柴火煨山芋。早些年里物资匮乏，它既是人们日常生活中少不了的主食，有时也充当了孩子们解馋的零食小吃，给童年增添了甘甜和欢欣。那个时候，地处山区的家乡烧火做饭都是以柴、草为燃料，从城里到乡下，家家户户的厨房里都要建一座砖砌的炉灶，一般有两个炉膛，一个上面架一口大锅做饭，另一个上面架一口稍小的锅炒菜，在两口锅之间，往往会嵌进一只更小的圆柱形小吊锅，利用两个炉膛的余温来热些水洗涮。

而乡下人家的灶台则会更大些,有三眼炉膛,一个专用来为家畜烧煮饲料。

炉火熊熊，饭菜飘香，燃烧着的草木释放出各自的气息，间或会传出噼噗的炸裂声响，一根烟囱伸出屋顶，把炊烟袅袅地散向天空，着实是一道人间烟火的风景线。每次做完晚饭后，炉膛里明火渐熄，灰烬中余温尚在，残留的一些碎柴火还会在膛内或明或暗地闪烁。这时候扔进去几只山芋，用火钳、火铲将夹带着余火的灰烬严严实实地覆盖其上，第二天早晨拨开柴灰，再看那历经一夜温暖的山芋，外表褐黄干涸，贴近余火的一面有时会被烤出焦黑，一上手，便知道已经是皮肉分离。弹去浮灰，轻轻掰开或者揭去已被烤脆的表皮，金黄色的山芋便缓缓释放出一阵香糯的气息，勾引着你的食欲，让你会忍不住急切地咬一口，却常常会被余温烫了嘴。一只柴火煨山芋，一碗米粥，就是一顿简单而又甜蜜的早餐。时间宽裕的话，我们会在家里吃完了再出门上学，而一旦起得晚了，便匆匆拿上一只，在上学的路上边走边吃，既能充饥，又能暖手，饥寒便在悠悠芋香中遁迹于无形。遇上同学，还会分享一口，也是其乐融融。

不知不觉中，烧柴的传统渐渐被烧煤、烧天然气取代，流传了千百年的砖砌炉灶也随之消失，柴火煨烤山芋便无奈地成为一个甜蜜的回忆。这些年来，也曾尝试着用烤箱、微波炉烤过几次山芋，但怎么也吃不出当年柴火煨烤的那种味道。有人解释说，这就是电和柴火的区别。想当年柴火中饱含着原生态的植物气息，煨烤出的山芋当然就有一种别样的滋味，不然，果木烤鸭为什么格外受追捧呢？这解释似乎有几分道理，但细思之下，其实真正的原因，恐怕还是内心深处对家乡味道的一往情深，对童年岁月的刻骨怀念。

煨烤之外，就是用水蒸煮。一大锅山芋，加适当的水，用大火煮上个把小时便熟。有时也会在锅里的米饭收水时放上几块山芋，焖上半个小时，便饭熟芋香了。和煨烤的比起来，这样蒸煮出来的山芋能保持原有的水分，不足是会使一些淀粉含量较低——我们称之为水山芋的品种变得稀软，口感不佳。尤其是外出携带时，常常经不住挤压而在书包或口袋里变成一堆黄灿灿的芋泥，面目可憎，令人产生异样的联想。

山芋还可用来煮粥。不过那时用它来煮粥，并不是像今天这样出于养生的目的，有意要去补充些五谷杂粮，而是因为大米不够吃，需要搭配杂粮才能度过饥荒。通常是把一只山芋切成小块，待锅里的米粥快熟时加进去，再煮上一会儿便绵软香糯，连粥也被山芋汁染成了金黄色，米香芋香，融为一体，吃起来也是有滋有味。但山芋煮粥还得以米为主材，山芋只能作为配料，比例恰当，粥便好吃，如果粥里米少山芋多，吃起来就没那么爽了。即使在全民养生的今天，我相信也不会有人天天煮一锅纯山芋汤来喝。配料就是配料，硬要拉来充当主角，就会色味双损。

我没有系统地做过研究，仅凭经验，感觉在所有的薯类作物中，似乎只有山芋可以生吃。柴火煨烤的山芋固然香甜，但毕竟需要一个过程，而当没有时间去等候这个过程时，就只能选择生吃了。尤其是在地里干活的农户，忙起来顾不上回家做饭，便随手挖出一只山芋，用衣袖擦去浮土，或是用刀削去山芋的皮，咬一口，也是脆脆的、甜甜的，算是一顿实在的午饭了。那时我们班上几个农村的同学就常在书包里装上几只山芋，中午回不了家就用它当作午饭，或分给同学们吃点，有时也会因分配不均而打闹起哄。但生吃山芋对肠胃的伤害很大，有同学就因为小时候生山芋吃得太多，此后几十年，肠胃一直不好，对山芋也是心有余悸，不再敢碰一口。

另一种常见的山芋制品是山芋片（又称山芋干）。我记忆中的山芋片，又分为两类，一是老乡们将山芋煮熟后切片晾晒成干儿，保留了山芋中的糖分，绵软耐嚼，丝丝甘甜不亚于北方的干枣。讲究的人家，再费点工夫，把山芋干再切成小条，就算是上好的点心了。逢年过节，用果盘盛出来搁在桌上，往往是孩子们进攻的主要目标。另外一类山芋干则不受待见了，那就是国营粮店卖米时作为杂粮搭配的那种由机器生切出来的山芋干。大多从北方调拨过来，库存时间长，早已不新鲜，泛着毫无生气的灰白色，还时常伴着一股子霉馊味。据说，这些山芋干原本是用来酿酒的，当年的大米供不应求，只好将它们拿出来充数了。这种山芋干生嚼如同啃纸片，又不易煮烂，成了家家户户的一个负担。每当买粮时遇到要搭这样的东西，人们便忍不住嘟嘟囔囔地抱怨。也有机灵人士，偶尔打探到内部消息，赶在搭卖山芋干之前，把粮本上的定量先买回来。但这种“伎俩”得逞的机会并不多，因为粮店里的人也拿不准什么时候会突然调来一批山芋干，让你别无选择。

当然，还有一种“豪华升级版”的吃法，那就是拔丝山芋，需热油煎炸山芋块，再熬糖浆，和山芋块一起翻炒，盛在盘碟之中，趁热用筷子夹出一块，便能带出丝来，在凉水里过一下再进口。这种吃法虽显得高雅而有档次、有情调，也有特别的口感和滋味，但却费油、费糖还费时，火候、油温乃至糖的多少若把握不好，不是拔丝不成，就是会将山芋煎炸得硬如石块，成不了一道美食，远不如在柴火灰里煨烤出来的香甜。看来，档次也不是想上就能上的，硬要将下里巴人的东西哄抬到阳春白雪的位置，结果会让被抬的和抬的都不自在。保持本真，因材而为，才能色香俱全，即使这色、这香是极不起眼的，也终究是独具品位、自成风格，这就是价值。

近些年来，各地兴起了农家乐餐饮旅游的热潮，消失很久的砖砌炉灶被当作卖点，一些店家更是打出原生态、柴火饭、柴火鸡的招牌吸引游客，四面八方、南来北往的客人大快朵颐之余总会禁不住夸赞：“柴火饭就是香。”我想这其中除了真的是品尝出了米饭的不同滋味之外，可能也含着一种对传统烹饪技艺的尊重和缅怀。我很想建议农家乐的庄主们不妨顺手开发一下柴火煨山芋这一民间传统美食，兴许会有意想不到的收获。柴火煨烤出的是山芋的甜香，也是曾经岁月的滋味。

米酒醇香岁月甜

酿酒技术的发明让人类的生活有了更多的乐趣，也让人们找到了一个宣泄感情、表达心愿的渠道。千百年来，酒一直是人类最为亲密的伙伴之一。而在酒的泱泱家族中，米酒要算是特立独行、风采别具的一员。

米酒是以糯米为主材料酿制的一种酒水，四川人叫它醪糟，上海等地则叫酒酿。因其含糖量较大，口感极甜，又俗称甜酒。它的酒精度偏低，且保持了糯米白净的质地，汁液晶莹剔透，色泽如玉。苏东坡曾诗赞："形似玉梳白似璧，薄如蝉翼甜如蜜。"如此的色香味俱全，自然也就备受

人们青睐。我打小就是米酒的铁杆“粉丝”，对米酒有着近乎沉迷的喜爱，在我的心里，它不仅是一款美味，更是一份亲情，一份乡愁，伴随着悠悠岁月，让游子的心情持久地浸润着微醺。

这一份情愫首先缘于母亲，因为母亲就是米酒的酿制高手，并且曾经是职业的米酒师傅。曾听她说起，早年从乡下进城，没有固定的职业，家贫的背景又没法让她学得一技之长，家里老人有病，弟妹们还年幼，尚在少年的她，就要靠打柴、卖柴等粗重体力活谋生，一家人的日子过得非常不易。所幸的是，艰难的岁月中不乏善和爱的光芒，不乏劳动者之间互帮互助的纯朴关怀。艰难之时，一位以酿酒为生的邻居大爷伸出援手，将自家祖传的酿酒技术无偿地教给了我的母亲，并借给她本钱和整套的酿酒设备，引导她走上了酿酒的职业之路。靠着这门手艺，母亲和她一家人度过了新中国成立前那一段艰难的岁月。

新中国的成立让老百姓过上了幸福的生活，我的父母也都有了正式工作，家里有了固定的收入。米酒不再是母亲养家糊口的唯一选择，当年用来盛酒的那只大陶罐改作了米缸，也算是我家为数不多的几件珍贵“文物”之一。到我们兄妹相继出生之后，逢年过节，母亲总是会酿一些米酒来给我们解馋。我的少年时代，正处于物资比较匮乏的年月，我等孩子眼中那些好吃的甜食美味大多要凭票证供应，可望而不可即。于是，自家酿制的米酒就成了我们对甜蜜和甘美的一个憧憬和寄托，母亲开始淘米酿酒的那些日子便是我们最兴奋的时光。

母亲会提前一天把要用来酿酒的糯米浸泡在一只大木盆里，等那些糯米浸透了水分变得膨胀饱满之后，淘洗一遍，便放进垫有纱布的木制甑子里上锅蒸熟。砖砌的炉膛内烈火熊熊，甑子下的水沸腾起满屋的热气，我们急不可待地守候在一旁，感受着一种温暖和满足，守望着一份期待和甜蜜。生米被蒸成熟饭之后需要过几遍凉水降温，而在这之前，母亲会给我们几个孩子每人先盛出一小碗，拌进点古巴砂糖，白白的饭粒与褐黄的砂糖混合出琥珀般的色泽，刺激出我们强大的食欲。挖起一勺送进嘴里，咀嚼之中，砂糖发出嘎嘎的脆响，满口充盈起浓浓的糯香，既充饥，又解馋，那种滋味便成为我舌尖上、心坎里经年难忘的记忆。

待糯米饭晾凉之后，母亲会将一小把碾成粉末的酒曲均匀地撒在里面，拌和几遍，再分装进盆或罐中，按压实了，中间掏出一个小圆孔。偶尔也会撒上些干桂花，出来的酒就在糯香之外又添了花香。米酒的发酵需要温度，这个时候，家里闲置的棉被、棉衣就派上了用场。母亲在木箱里先垫上一层作底，坐进盆或罐之后，又覆盖上几层，使棉被、棉衣上下左右亲密无间地将盆或罐紧紧围住。有时为了增加箱里的温度，还会用耐高温的玻璃瓶灌上开水，放在盆或罐的四周，家乡把这一过程称作焐酒。接下来，就是等待了。焐酒一般需要三五天时间，冬季会更长。那些天里，我们放学回家的第一件事就是凑到箱子边上，闻闻有没有期待中的酒香穿透厚厚的棉包裹。直到某天清晨或是夜晚，一股浓郁的酒香陡然在屋里飘荡起来，我们就知道日盼夜思的那个美食天使正张开无形的翅膀，带着香甜、甘美，来拥抱我们、拥抱岁月了。

揭开盖，只见盆里的一整块酒糟就如同一艘船，又像是一大块冰似的悬浮在酒汁里，用指头轻轻一点，它就会晃动起来，调皮地勾引着我们的馋虫。节日，特别是春节时，家家团圆的饭桌上，白酒是男子汉们的专享，女人和孩子们就舀出点米酒稍兑些水倒在杯子里充数，大家一起举杯，庆贺新的一年的到来，祝愿日子甜美如蜜。这一刻，酒飘香，人欢笑，其乐融融。而较为普遍的，也是有别于其他酒水的一个特殊食用方法，就是米酒可以连酒糟带酒汁舀出来，兑些水稀释了在锅里烧开，加进糯米粉搓成小圆疙瘩——我们管它叫水子，也有人喜欢放切好的年糕薄片，或是窝进一只鸡蛋，不仅口感香糯、甜爽，而且有滋补理气的养身功效。酒醇米香，令人食欲大增，连吃带喝，似乎把日子的香甜也吃进了嘴里，留在了心里。

米酒的酿制似乎很简单，但即使母亲这样的老把式，也偶尔会有失手的时候，其中一个重要的原因，就是米酒的酿制对温度有着极为苛刻的要求。南方的冬天室内没有暖气设施，屋里的温度偏低，一旦焐酒的木箱跑风漏气，导致温度不够高或不够持久，就会影响酒曲的发酵，激发不出糯米中的蜜汁，也就无“酒”可言了。另一个原因，就是所用的酒曲存放时间过长，丧失了发酵的功能。两种诱因一个结果，就是期待中的一盆米酒成了一盆烂米饭——而味道却没有了米饭那样的口感和滋味，说是米饭，不如说是米糟，透出一股子酸涩。有些心急的人家，曾尝试将盆或罐直接置于燃着木炭的火桶之上，意在高温催逼，快速出酒，结果却是酒不醇，饭不香，美好的愿望化作泡影。这才明白：酒，需要等待，一如生活中很多美好心愿的实现需要一个过程，必须花费的时间和程序一个也不能缺位，一个也不能省略，欲速则不达。何况，有的时候，等待本身也是一种甜蜜和美好，值得承受。

酿酒得有酒曲，尽管当下工业化生产出的酵母方便易得，但家乡人还是对一种土法制作的酒曲情有独钟。这种酒曲虽没有多么尖端的高科技成分，但却是纯正天然，绿色有机，无疑也蕴含着更为质朴、本色的民间智慧和勤勉。做酒曲，除了辛苦之外，更需要有极大的耐心和细心。在我的家乡，传统的酒曲原材料主要有两种，一是生长在野地里的白茅草，二就是颗粒饱满、当年上市的新籼米了。白茅草的茎叶用来作为铺和盖，承担让酒曲坯享受温暖、积蓄“酵”力的任务，而白茅草的根则在被洗净后与籼米掺和在一起，放进石头凿成的臼窝里舂成粉末，过几遍细筛，除去杂质和不易碎的部分，再兑进适量的水，搓成一颗颗小球型曲坯，整齐地码放在事先铺设有白茅草的篾制大栲上，再均匀地覆盖上一层厚厚的白茅草，草叶上下严严实实地呵护着这一颗颗米粉与草根混合而成的小球，篾栲还要置于厚厚的棉絮之上以保证有足够的温度。这样焐过一夜，曲坯上长出一片白白的绒毛——家乡把这叫作出霉，其实就是培育酵菌。此时，将篾栲移至室外，日晒夜露，连续几日的光合作用，激活、繁衍了曲坯中丰富的酵菌，使它摇身一变，成为酿造甜蜜的酒曲。酒曲颗粒的大小，决定着用来酿酒的米量，大的每颗可发酵十多斤糯米，小的则可发酵两三斤糯米。白茅草的根含有一定的糖分，也就使得酒曲有了淡淡的甜蜜。有些人家也会用甘草或一种当地叫蓼子花的野生花草和籼米同舂成粉，味道略有差异，功效基本一致。通常还会在舂好的粉末中，掺些陈曲碎末，一如老汤勾兑，制成的酒曲功力就会更大，酿出的米酒也就更加醇香甘甜。家乡人酿米酒至今仍然爱用这种土酒曲而不愿意用高科技加工出来的酵母，在我看来，这既是一种习惯，更是一种尊重传统、崇尚自然的情怀。

多年来出门在外，离家乡越来越远，能吃到母亲亲手做的米酒的机会自然也就少了，内心更加怀念家乡和家乡的这一道美味，常回忆当年母亲为我们酿制米酒的时光。于是，隔些时日，便让家人给我邮来酒曲，自己动手做上一罐，既解口腹之馋，又解思乡之愁。米酒穿肠过，岁月有甘甜，其中滋味真是一言难尽。

酿米酒，是一门生活的技能；吃米酒，是一种生活的享受。如果说那些广受追捧的高档名酒是雍容的酒中贵族，那么，这不起眼的、不改本色的米酒就是朴实的酒中平民，它没有显赫的身份、火爆的名气，只默默地以浓厚的香醇，给老百姓平凡的日子带来温暖的甜蜜。

母亲都是美食家

我一直固执地相信，在大多数人的心中，天下最美味的食物，不是山珍海味，而是母亲亲手做的饭菜。不论母亲的烹调技艺如何，只要是她亲手做的，都是孩子们吃到的最香、最可口的食物。日子再难过，母亲也能够变着花样让孩子吃好吃饱；食材千差万别，但母亲做出的饭菜都有一个共同的滋味——浓浓的亲情，这便是儿女们终生难忘的美味。每一位母亲，都是儿女心中的美食家。

我的母亲早年在饭馆学的是白案手艺。在饮食行业，说白案，就是指的面食技艺，这可能是因为面粉制作的食物多是白色，故名。而在更早的年头里，母亲独自在县城里经营过米酒——糯米酒酿的小买卖维持生计。公私合营后，母亲进了国营饮食服务公司，专司白案。然而，好景不长，在二十世纪六十年代初，母亲被公司“下放”回了家，没有了那份工作——这可能算是我国最早的一批下岗工人了。

工作没了，但手艺没丢，以后的岁月里，我们仍然可以尝到母亲亲手制作的各种白案食品——包子、馒头等。那时粮食供应不像今天这样充足，在我们每个月的口粮中，除去大米之外，总会搭配上面粉、红薯干甚至各种豆类，而这些食材对于吃惯了大米的南方人的肠胃来说，多少是有些不受待见的。为让我们能够吃得下、吃得饱，母亲在做面食时，总会想出一些法子，比如将馒头捏成各种小动物的形状，使十分平常的面食顿时有了情调和童趣，这点滴的艺术含量悄然勾起了我们的食欲，尝到了不一般的滋味。

母亲最拿手，也是我们最爱吃的，就是米酒，在我们家乡叫甜酒。物资短缺的年代，老百姓家里，米酒这东西只有逢年过节，比如端午、中秋、春节才会酿制。不是常吃，只能尝鲜，物以稀为贵，所以孩子们对它也就更加看重并喜爱了。

母亲酿制米酒的手艺在街坊中很是知名，有几户邻居不会做，常会请母亲帮忙，而母亲对此也是欣然应允，无偿伸以援手。常常在年根底下的腊月最后几天里，都是先把邻居们所托完成了，才回来忙活自家的，一直忙到后半夜。这时，我们兄妹几人也各尽所能地搭手帮忙。说是帮忙，其实是想解馋。酿米酒要先将糯米蒸熟，在给熟透的糯米过凉水降温拌和酒曲发酵之前，母亲总会给我们每人盛出一小碗来，撒些砂糖，这一碗香甜的糯米饭便是对我们帮忙的犒赏。

到了正月，这便是自食或待客的主打美味了。早晨起来，挖一块酒糟带酒汁放进锅里，兑些水，再加一些糯米粉搓成的小丸子，煮开后像是一颗颗珍珠在白云间飘浮，此景此味，令人食欲大开。有时也会专门沁出酒汁来饮用，这酒汁度数比白酒低，又比果酒味醇，常常是不善饮酒之人或孩童们的杯中所好。有了这香气四溢的米酒，这个年才真正是有了年味。

童年时的耳濡目染，使我对米酒制作的方法也有了基本的掌握，这些年，时不时地实践一下。曾经有一年兴致高涨，酿了一大坛，拎着挤公交、坐地铁，带到单位给同事们品尝，大伙儿惊呼过瘾，视我为巧匠。

母亲的另一项手艺是蒸年糕。年糕不仅仅是一种食品，而且更多地寄托了人们对生活、日子“年年高”的美好愿望，是当时的春节必备食品。每到腊月底，家家户户都会买米磨面一通忙活，要先将精选的糯米浸泡几天，再送到专门的加工坊，用石磨磨成粉，拿回家摊开在竹栲栳里晾干以备用。把兑水和好的米面切成宽窄合适的小长条，讲究的，还会撒上星星点点的桂花、芝麻，再放进木制的笼屉里蒸熟。刚出笼的年糕粘上细白糖，糯糯的、香香的，咬一口，真的甜到心头。那时候街坊们有个习惯，自家做的美食，总要先送一些给邻居们品尝，送年糕则更有意味，送的是祝愿、是友情。每次做好后，母亲都要安排我们挨家挨户地去给邻居送上一些。记得有一年腊月里下起了雪，当年也没有电视啥的可看，所以孩子们都早早钻进了被窝，或拿本小书翻看，或和兄弟姐妹们闲聊。年糕出锅，我端着只小碗，顶着风雪，南一家北一户地轮流送去。每到一户，孩子们便会不顾大人的阻拦，麻利地钻出被窝，急急地吃上几口解馋。看他们心满意足的样子，我心里也甜滋滋的，为母亲骄傲，也为自己自豪——母亲的手艺得到了大家的赞许。

母亲还有一门手艺让我尤感钦佩，那就是裹粽子。和现在市场上五花八门的粽子不同，那个年代家乡人裹粽子没多少花样，顶多在里面放上颗板栗，少数人家也会放几块腊肉丁，但箬叶大多是当年新采的，连捆扎粽子都是用毛竹壳撕成的细绳。这样的粽子，煮熟后吃起来才有那么一种米香、竹香。不像眼下，从南到北，肉的、枣的、豆的，粽子品种令人眼花缭乱，可品相却不尽如人意，有些简直就是一坨煮熟的糯米饭。更不讲究的是居然什么线绳都能拿来捆扎，加上粽叶也是反复使用，早没有了最初的清香，所以粽子的味道也就“变异”了很多，连我上中学的女儿都说不如奶奶裹的粽子好吃。

看母亲裹粽子是一种享受。只见她将一张或两张箬叶在手中卷成圆锥形的一只筒，左手握住筒身，右手从盆里抓出一把糯米灌进去，再用一根竹筷将米捣实，放一颗板栗，又灌进一把米，压实，继而将超出筒身的箬叶折下来，盖住叶里的米，左右一捏，再往回一折，然后用一根毛竹壳撕成的细绳紧紧地捆扎，一个有棱有角、结实丰满的粽子就裹成了。扔到地上也不会散开，五六个一串，拎起来像一挂绿色的宝石。离开家乡几十年了，我顽固地坚持只吃家乡风味的、母亲亲手裹的粽子，每年端午之前，总会让母亲裹上一些托人捎来。赶上捎带不便的年头，便在春节回家时让母亲特意裹上几个解馋。此时虽然箬叶不如当季的清香，但粽子吃在嘴里，仍然是那种童年的香甜。

还有两位母亲制作的美食给我留下了难忘的印象。这两位母亲我视为亲生母亲一样，她们也待我视同已出，关爱有加。

一位是梅妈妈，住在城里离我家不远的地方。我们的“母子关系”

来源于我两岁左右的时候，父母都忙于工作，没有时间照看我，便托人介绍，送到她家，由她辍学在家的大女儿——当时也就十六七岁——照看我。早上父亲将我送到她家，晚上再接回去。久而久之，我成了这个家庭的一员，叫自己的亲生母亲姆妈，却管她叫亲妈，长大后每年寒暑假都要上她家住上一些日子——这是后话了。说是由她大女儿照看我，其实还是她老人家管我的时候多，一日三餐也都是她亲手忙活。她不是本地人，新中国成立前随家人从江北逃荒来到此地。也许和当初的生活背景有关，在饮食上她并无什么拿手菜肴，也似乎不擅长烹炒煎炸，但却有一门特殊的手艺，就是炸制一种叫油糍的点心，我想这也许是她从老家带来的一种美食吧。

这个叫油糍的点心和我们南方的糯米糍粑不一样，也有别于纯面粉的油条，它是把面粉加水调成糊状，根据面的多少，打进适量的鸡蛋，再加入南瓜丝、葱花、韭菜等，有时也会放点肉馅，然后注入薄铁皮制成的一只香皂大小、椭圆的大勺形托盒中，浸入热油里炸至金黄就可以出锅。稍凉后，咬一口，酥脆香嫩，馋嘴的我有一次竟连吃了三块，闹得当晚消化不良，着实让大人们担心了一夜。在“文革”之际，市场萧条，生活来源也少了，梅妈便在街边支上一个小摊位，制售油糍，很受追捧，常常供不应求。每次，梅妈都要留下几个，让玩累了的我饱餐一顿。

另一位母亲和我的缘分说来算有些传奇色彩。她姓李，住在离县城七里地的一个乡村，村名就叫七里店。那时物资流通不畅，四乡八邻的生活用品都要进到城里才能买到，而我父亲当时正是城里一家百货商店的营业员。我出生不久，母亲还在一家糕饼厂打工，无暇照看我，父亲便想出一个工作、生活两不误的办法，将我睡觉的小摇窝（一种南方常见的可以摇动的木质儿童床）放在柜台内的一角，再用一根长绳系在摇窝的一条腿上，另一端系在他的脚踝处，这样，他就能在三尺柜台之内来来去去为顾客服务时，顺便带动小摇窝，让我在微微的摇晃中美美地入眠。据说是有次李妈和家人来商店购物，正巧我一觉醒来在小床里无端啼哭，父亲一边帮他们拿货，一边通过那根绳子摇我入睡。细心的李妈很是好奇：也没见有人在床边，那小床咋就会动呢？父亲说出真相，李妈乐了，说孩子可能饿了，抱出来我喂他口奶吧。原来她的一个儿子正与我同龄，就这样，我抢了一顿那位“同龄公”的午餐，这才安静下来。此后，李妈每每进城，都会来喂我几口。天长日久，两家人成了亲戚，她也就成了我的又一位妈妈。

逢年过节，我都要步行七里路去乡下看望她。每次风尘仆仆地出现在她面前时，她眼里都流露出疼爱喜悦的神色，不管是在做什么，总要歇下来拉着我的手问寒问暖，然后亲自下厨，给我做一碗面条。这碗面条就是她给我做的美食，也是我最爱吃的面条，以至于每次去，我都等着要吃完这碗面才踏上归程。其实这碗面也无特别之处，只在里面窝了两只鸡蛋，放了几叶青菜，撒了些葱花，再就是加了一勺猪油，但我吃起来却格外的有滋有味，一大粗瓷碗，连汤带水，每次都吃个精光。到我上大学乃至工作之后，每年假期回乡再去看望她老人家，她要为我张罗吃喝时，我都要请她老人家只下一碗面条——和当年一样的面条。这是一碗回味悠长的面条，我依然和当年一样，每次都吃个碗底朝天。

现在，梅妈和李妈都已故去，但她们亲手做的油糍、面条的滋味却一直留在我心中，时常回味。母亲也年近九十，每年春节回家，她老人家还是会亲自动手，给我酿米酒、裹粽子、蒸年糕。我们担心她太累，不让她再忙碌，并说现在啥东西都能买到，费那个劲儿干啥？老人家总会认真地说买的哪有自已做的好吃，坚持要给我们做。不仅在家时做给我们吃，假期结束回京，还一包包一件件塞进我的行李中，让带回北京。我心里清楚，带回来的不仅仅是这些美食，更重要的是母亲的一份心意，一份浓浓的母爱。

母亲的美食，吃在嘴里，甜在心头。

故人何得不同来

远去的街坊

炎炎夏日，京城酷暑难耐。趁着暑假的机会，我回到了皖南山区的老家，享受北方所没有的那番清凉，借故乡的山水灵性洗涤岁月的疲惫。儿时伙伴相邀着一起放舟月亮湾、品酒桃花潭，乐山乐水，心旷神怡，并又一次回到了我们曾经一起居住了十多年的那条老街，徜徉其间，回味着曾经熟悉、而今渐行渐远的那段时光，回忆着曾经在这里生活的那些人、那些事。

这是一条刻印着我们人生足迹的小街。在十七八岁之前，我们这群小伙伴每天除了睡觉，其余时间几乎都在一起，上学、放学，游戏、打闹，为学习、为生活而共同欢乐和苦恼。我们有着一个共同的身份：街坊。而用我老家的话来表达这层意思，就是他们和我都是“家门口的”。多年后重聚在这条街上，面对着早已物是人非的场景，中心的话题自然是对过往岁月的回忆，言谈中流露的是对那一份街坊情谊的缅怀。

这条街道位于县城的西侧，依傍着青弋江，从南至北绵延数公里，分作南、北两段，故唤作“南街”“北街”，共住有几百户人家。从南到北共有三处供百姓们去往青弋江担水、洗涮——更早时候也是乘船出行的码头，分别叫作“南水关”“西水关”“北水关”。因为是街道通往青弋江的出口，也就被人们称作了“南门口”“西门口”“北门口”。我们的家就住在从“西门口”往“北门口”去的这段街上，也许是为了和更北边的那段“北街”作区别，“西门口”就成了它的代称。

街道的历史，最早可上溯到明清甚至更远的年代。这里曾经是县城的主体格局，既是商业中心，也是百姓的生活空间。矗立在街道两边墙挨墙、门对门的砖木结构的两层小楼，早年间就是集店铺作坊、居家生活功能为一体的商住两用房产。随着时代的变迁，由于种种原因，这条街的商业功能逐步弱化，房产也被收为国有，成为单一的、主要由政府房管所统一管理、出租的居民住宅。小楼的二层，在过去的许多年里，一般是不住人的，只用来储物。到二十世纪七十年代，随着人口的增加，便有街坊在征得房管所同意后，开始将楼上的空间收拾整理出来，扩展为居室。

那个时期，南方的小县城里还没有现在意义上的居民小区，更鲜见高于两层的建筑，城里的老百姓基本上都是住在这样的街道上，一天天、一年年、一代代过着平凡的日子。只有极少的几个国营单位开始建造自己的宿舍小区，而这些小区，大多是清一色的平房，比起我们那条街道上百年“岁数”的两层砖木结构徽派小楼，不仅少了一些历史的沧桑感，而且建筑外观上也显得单调、僵硬。小区的房子是新建的，主人们“居龄”都不长，邻里之间自然也就没有深厚的交往经历，不像我们的老街街坊，几十年甚至几代人都一直在这里居住，知根知底。这几重因素叠加，便使这样的新宿舍小区里缺少了我们那条老街上所富有的那种纯朴、通透的邻里关系和积淀了多年的生活的烟火气息。一个最明显的表现是，小区里的住户们向别人介绍邻居时，不是说“家门口的”，而是说“我们某某宿舍的”，仅这称谓在我们听起来就少了一些亲切的滋味。

回想起来，当年“家门口的”能有那样一个纯朴、通透的人际氛围，也许和“街道”这种平铺直叙式的聚居格局有着一定的关系。一条道路通到底，家家户户门挨门，低头不见抬头见，同处在一个平面上，交流、沟通的频繁、便捷，自然有利于增进彼此的了解，有利于感情的加深和关系的融洽，使整个街道始终洋溢着多姿多彩的生活气息。

记忆深处最清晰的要算是夏日的傍晚街坊们纳凉的场景。空调在当时还近乎是个科幻产品，现实生活中十分罕见，老百姓有台电扇就算是极为奢侈的家电了。冬天烤炭火，夏季盼凉风，是老百姓应对自然变化的主要办法。盛夏时节，每天太阳下山后，街坊们都会在门前洒上一盆水，去除地面上被暴晒一天的暑气。

待凉意渐显，家家户户便搬出竹床、竹椅、凉席、板凳，端出熬了几个时辰的南瓜粥、绿豆粥，摆开三碟四盘荤素搭配的小菜，就着徐徐南风，坐在门前和街坊们边吃边聊。好客的邻居忘不了邀张三唤李四来品尝自己的厨艺；大叔大婶陶醉地收听着半导体里的样板戏；张大爷摇着大蒲扇，一字一句地给孩童们讲《三国》《水浒》《西游记》；赵家门前聚着几个文化人，端茶点烟，吞云吐雾，海阔天空地评点着天下大事；李家门前围着几个棋迷牌友，楚河汉界，挺炮拱卒，“大猫小鬼”，纷争上游；也有几个不怕热的顽皮小子，舞棍弄棒穿行在竹床、竹椅之间打闹。我的邻居大哥拉得一手好二胡，只要不上夜班，这个时候总会拉开架式，十分投入地演奏一段《扬鞭催马送粮忙》或是《赛马》《二泉映月》这类名曲，博取着我们崇拜的眼神，也不知不觉地悄悄拨动了邻家姐妹的芳心。

整条街在喊着吵着乐着笑着，宛如一个信息交流、知识传播的平台，更像是一个生活的大剧场，旋律虽嘈杂却能让人安心，节目虽平淡却能长演不衰。待到星月生辉，人声渐稀，街坊们也陆续回到屋里。仍有几个贪凉的大叔大哥，干脆就在街面上的竹床上鼾声大作，一梦到天明。这一幅市井风情画，这一幅街坊民俗图，多少年来在我们的心中挥之不去！

俗话说："远亲不如近邻。""家门口的"不是一家人，却胜似一家人。柴米油盐酱醋茶，生老嫁娶苦乐甜，生活的每一个环节上，一家人办不了的事，"家门口的"都能帮着成全。有谁家大人们忙着工作没能按时回家，饥肠辘辘的小伙伴就会被"家门口的"叔叔阿姨叫去吃上一顿和自己家里味道不同的饭菜。又有多少回，小伙伴们在外面偶尔遇到麻烦，被人欺负，家人又不在身边，可正好有一个"家门口的"哥哥、姐姐在场，于是，小伙伴就有了底气，敢于把失败变为胜利。谁家临到炒菜时发现油瓶空了，可以快步到隔壁的门里借来一勺急用。傍晚

消

时分谁家里突然来了客人，被子不够用，可以向“家门口的”李家、王家借来一条，过意不去的塞几角零钱权作租金，也是拉扯几个回合主人才勉强收下。

一根友善、和睦、温情的纽带牢牢联系着“家门口的”。虽然同一条街上的几十户人家，天长日久，也免不了有磕磕碰碰，却很少结怨结仇。而每当出现矛盾，总会有热心的邻里、居委会的干部出来调停化解，干戈成了玉帛，横眉成了笑脸。一家有喜事，全街相贺，争先恐后随份子，生怕落下了自己；一家有难处，全街相助，出人出力出时间，唯恐没有帮上忙。生活在这样一个环境中，每一个人，每一个家庭都不会感到孤独。这些年来，“家门口的”的一些人也偶尔会在异乡外地相逢，聚在一起仍然能清晰地回忆起当年街上的大事小情：居委会吴奶奶十几年如一日为大家忙前忙后；王妈李妈一帮戏迷聚在沈家大屋排练黄梅戏《打猪草》，唱腔、身段赶得上县剧团的名角儿；向阳院红哨兵帮着五保户老人劈柴挑水；环卫队杨师傅每天清早用个铁皮制作的大喇叭筒喊各家“倒勒色（垃圾）”，傍晚提醒“小心火烛”……一幕幕，一场场，像电影画面一般从眼前晃过。街坊的情谊，家门口的温馨，一直萦绕在彼此的心中。

几十年日月更替，社会发展了，人们的居住条件也得到了很大改善，“家门口的”所共有的那条街也发生了天翻地覆的变化。地还是那块地，楼已不是那些楼，几代相处的老街坊们也都搬得不知去向。曾经矗立在街道两边数百年的商住两用小楼被彻底拆除，就地开发出一栋栋新楼，每栋都有六层高，这好像是把当年平铺直叙的小街竖立了起来，向空中发展。和过去那种两层小楼相比，这样的建筑无疑拓展了人们居住的空间，提升了城市的容积率。规划是顺应了需求的，景观是时尚流行的，但在我们眼里，总是缺少了一些家乡所应有的风格——那种鲜明的皖南山区地域文化的风味。

其实，改变的又何尝只是我们的老街呢？现而今放眼看去，东西南北，新城故都，建筑的相似性、住宅的雷同化，让你常常不知身在何处。生活条件改善了，可人际关系却没有过去融洽了。以往是门对门户挨户，邻里之间，相互关照的多，知根知底，笑脸相迎，一声“街坊”，满含着信任、关爱、温暖。现在是楼上楼下的住着，彼此都不知对方姓甚名谁，有的甚至一两年都见不到一面，说不上一句话。更不要说像当年“家门口的”那样，可以捧着饭碗串门聊天，可以不打招呼推门而入。楼盖得越来越高，人隔得却越来越远。钢筋水泥把人们格式化在一个个方块单元里。过去，有街道、有街坊的日子里，家家户户门不上锁，夜不闭户都不用担心；现在，住楼房、住社区的生活中，装上防盗锁，防盗门还是防不住盗、防不住贼。是现在社区这种居住格局影响了交流，还是人们被生活所迫，变得没有时间来沟通呢？细想之下，似乎是，又似乎不是。

伙伴们说，每年节假日里，总会有一些满头花白的“家门口的”邀约同行，到老街旧址走走看看，与往事隔空对话，与故人隔空交流。在寻找往年温馨记忆的同时，也免不了对当下的人情世风做些评述。大家几乎有一个共识：离我们，离今天远去的不仅是街道、街坊，而且还有那种纯朴的人与人之间的情感联系，这才是更让我们感慨、惋惜的。

母亲的针线活儿

年少时读唐诗，读到“慈母手中线”“临行密密缝”的诗句时，眼前总会浮现出母亲就着昏黄的灯光或在明媚的阳光下为一家人缝补衣衫、做鞋子的画面。今天，再吟诵这些诗句，心里更多的是对如烟往事的温馨回忆和对母亲长年辛劳的由衷感激。

母亲不是职业裁缝，当年家里也买不起缝纫机之类的工具，做不了成套的衣衫。母亲日常的针线活儿就是一针一线地缝补我们在外面猴子般调皮而撕破磨损的衣裤，除此之外，就是为我们做鞋。那个时候，父母的收入勉强可供一家人的吃喝开支及我们兄妹的上学念书，不可能随心所欲地去商店买那些黄的或白的解放鞋、球鞋，更不用说是皮鞋了。春、夏、秋季的单鞋，冬天的棉鞋，一家五口每人总得有上三四双，加起来二十多双鞋子，都要靠母亲用针线一双双地缝制出来，而这也是一件最吃力的针线活儿。

做鞋，首先要制作鞋帮、鞋底等基本原料。要在阳光充足的日子，将家里破旧得不能再穿的衣衫及碎布头洗净理齐了，再用面粉调制的糨糊一片片粘贴在木质的墙面上，在太阳下晒成硬实的“帮衬”收藏备用。有时阳光甚好，街坊们不忍错过，想尽各种方法来为一年或更长时间的鞋子备足原料，有的人家干脆就卸下门板，在上面有序地糊上五颜六色的碎布，一时间，房前屋后、临街门前，一块块门板、一面面墙壁，都被这些碎布条装点得花花绿绿、色彩斑斓，在阳光的映照下，成为一帧帧生动的图画，淡淡的糨糊气息随风飘散，给平淡的日子带来了踏实的意味。

因为鞋帮、鞋底都要硬实挺括，而单片的碎布头出不了这样的效果，便需要一层一层地在墙壁上或木板上糊上几遍、粘上几层，曝晒之后才能如愿。常常是母亲细心地挑拣着碎布头，均匀地抹上糨糊，我们按她的指令将布头一片片在门上拼贴成正方形或长方形，在太阳下晒过一整天或两三天后，一大张完整、厚实、挺括的帮衬便从木板上“手脚并用”地翘起了身。母亲将它们一张张揭下来，像卷一幅幅名贵的书画作品一样卷好，置于家里的衣柜之中。等到需要做鞋时，便取出一张，从一角开始，用线浅浅地缀上一副事先剪好的纸质鞋样，再用剪刀沿着鞋样的边线稍稍留点余地地剪下来，然后撤下纸样，在硬硬的帮衬上蒙罩一片大小相当的蓝色或黑色的新布，用针细细地缝好，便成了一只鞋的鞋帮。夏天的单鞋，鞋帮的面子多是卡其类平布，而冬天的棉鞋，则需要用绒布做面并在帮衬与棉布之间铺一层棉絮才能暖和结实。

无论单鞋、棉鞋，鞋底的制作都是最重要且很麻烦的一道工序。一双鞋，鞋底的厚度、软硬不仅决定了穿着的舒适程度，更决定了一双鞋子寿命的长短，所以，对于鞋底母亲都会更加精心。除了铺叠几层布料、帮衬之外，有时还会在中间层夹上家乡特产的毛竹笋壳或是厚硬的麻布，先用面粉糨糊一层层粘牢固了，以免走形。搁置几日，等定型之后，便开始用比缝衣针更粗的钢针穿上麻线，一针针密密地缝好，家乡俗称此道工序为“纳鞋底”。

纳鞋底看上去似乎没多少技术含量，可要用一根直径不到一毫米的钢针穿透近一寸厚的、坚硬的棉布帮衬加毛竹笋壳，还是相当费力气的。母亲长年在饮食糕点行业干活，一年四季双手不停地和冷热水打交道，早早地患上了风湿疾病，几根手指弯曲变形，一双手粗糙干裂出一道道口子，即使每天都涂抹润肤的蛙蛤油也无济于事，到了冬季更是满手道道血痕，遇水便疼得钻心。为了方便干活，母亲便将白色的医用胶布剪成小条，挨个缠住那一道道裂口，右手中指上套一个布满小坑的铜质顶针，助力钢针牵引麻线穿透鞋底。

我没有细数过一只鞋底需要纳上多少针，其实哪里又用得着细数？打眼一看，就能知道一只鞋底至少要纳上几百针。一个个只有半个米粒大小的针脚线点呈斜线状整齐均匀地排列在麻黄色的鞋底上，一针一线都是费心费力的功夫。母亲白天要给厂子里干活，这些针线活儿就只能在夜晚做了。那时我们一家五口租住在一间二十平方米左右的公房里，两张床、一张桌加一个衣柜之外，几无更多的空间，母亲便在我们兄妹做完功课，上床入睡之后，将那盏二十五瓦的白炽灯拉至房门后，用报纸遮住光线，以免影响我们的睡眠，在灯下一针针地缝着、纳着，父亲则倚靠在床头，看报或是看书陪伴着母亲。常常我一觉醒来，映入眼帘的就是母亲在灯下做针线活儿的背影。夜深人静，灯光昏黄，麻线拉过鞋底发出轻微的“嗞嗞”声响，既是日子的韵律，又宛如我们的摇篮曲。

街坊中和母亲同龄的一代人，多少都有几样家传的金、银、玉、石饰品，有小巧的漆盒收藏，逢到重要的日子和场合，便会很醒目地佩戴出来添点喜庆色彩。而母亲自小家贫，我从未见过她有这样一些宝贝，但母亲有两样东西是绝不允许我们随便翻动的。一件是一本深蓝色牛皮纸封面的《扫盲识字课本》，另一件是家乡常见的竹篾编成的圆口小簸箕，听母亲说这就是她母亲传给她的宝贝，历经了数十年的岁月，里外都挂上了厚厚的包浆，色泽深黄，表面光滑如肤。对这个篾簸箕，不用翻看，就知道那是她的针线筐，里面装着大小不等的碎布条、型号粗细不一、颜色黑白分明的针线以及一坨布满了横竖沟槽的黄蜡——纳鞋底的麻线一般都比较涩，要穿透厚厚的鞋底很费劲，用这黄蜡磨蹭一下，就润滑得多了，因此，它便成了家家针线筐中的一位“要客”。

篾簸箕毫无悬念可言，而那个识字课本因母亲的格外珍视便成了我心中充满好奇的一个谜。有一天我偷偷地把它拿出来翻看，竟发现它早已从扫盲识字教材转换了身份——除了前几页的字里画间，有一些模糊的笔墨印迹之外，更多的篇幅上了无笔迹，而在每两页中间都夹着用旧报纸、旧课本剪出的一副副大小不等、样式各异的鞋样，这就是母亲积攒了多年的“宝贝”，这本书就是母亲的“聚宝盆”，我们脚上穿着的每一双鞋子，都是从这本书里走出来的！细看这些鞋样，有的纸张已经泛黄，无声地诉说着它的年轮；有的还亮丽崭新，透露出一份时尚的气息。

母亲发现了我窥探到她的秘密，也没有责怪我，只是叮嘱说这些鞋样是多年积攒下来的，千万别把它们弄破了。我好奇地问她，这个课本您学过没有？她轻描淡写地笑笑回答我，还是刚解放的时候，街道组织“扫文盲”，用它学过几天，现在早就还给先生了。她不说，我也知道，生活的艰辛和忙碌，早已挤占了她学习文化、认字读书的时间和精力，她只有依着天赋去领悟、参透人生字、词、句的含意，积累应对岁月苦涩和忧愁的功力了。而在我的眼里，不识字的母亲是天底下最有文化的人，她一针一线为我们做出的那一双双鞋，无疑就是最精美的艺术品。

十七岁那年的夏天，就是这样的艺术品伴随我远赴四川求学。我知道，鞋穿在脚上，母爱温暖着我的身心，这双鞋就是我远行和学习的动力。有一个寒假我没有回家，春节前收到了家里寄来的包裹，里面除了我自小爱吃的家乡点心之外，还有一双黑色绒面的棉鞋。厚实的鞋帮、厚实的鞋底，一时间温暖了我的双脚，也温暖了我的心灵。整齐地布满在鞋底的那数百个针线脚点，在我的眼里幻化成一行行诗句，一个个音符，无声地传递着母亲的关爱，无声地跳动着亲情的旋律。

记忆中母亲的针线活儿不仅仅是为我们做鞋、缝补，还有个绝活儿，就是为幼儿缝制冬天的棉帽。当年商店里出售的幼儿衣帽千篇一律，只有红黄黑蓝几种单调的色彩，既贵又不美观。母亲不知从哪儿学到了用毛巾、棉絮做幼儿帽的技术，先是给我一岁多的妹妹做了一顶，这帽子外形是可爱的小兔，两只耳朵竖立在头顶，耳朵下方用红色的扣子做成兔眼，既暖和又显得活泼可爱，真正是物美价廉。妹妹戴着出门，引得街坊邻居一片羡慕，便有人请母亲帮他们的孩子也做一顶。母亲有求必应，不计报酬地满足着街坊们的需求。有几个冬日的夜晚，我陪伴着她一起在邻居家为咿呀学语的小弟弟小妹妹做着这样的兔帽。看着几条毛巾、几团棉花絮在母亲手中变戏法似的变成了一顶顶造型生动的帽子，我眼里的母亲宛然就是一个伟大的发明家和艺术家。

几十年来，不管生活水平怎么提升，也不管衣饰穿戴如何变化，母亲坚持每一年都给我们兄妹做鞋。年纪大了，鞋底纳不动，老人家自有她的办法，让我妹妹从商铺里买来成品的注塑鞋底，再缝接上自己做的鞋帮，仍然是一双双厚实暖和的鞋子。近一两年，年近九十高龄的母亲，体力和精力有所减退，双手也因多年风湿的折磨而越发变形，再也做不了整双的鞋子了，老人家便转换了思路，改成给我们缝制一年四季不同质地的鞋垫，在我们回家过年时装进我们的行囊。老人家还风趣地说，做不动了，就偷懒做点轻巧的。可我们心里知道，几百针缝制一只鞋垫，在年轻人都是很费眼神、费体力的，对于一个近九十高龄的人来说，还能说是轻巧吗？老人家还说，知道你们什么漂亮的鞋子、鞋垫都能买到，但买的总没有自己做的实在。我赞同她的这个说法，因为我懂得，这个实在，不仅在于材料的考究，更在于这一针针一线线之中，都是融入了她老人家对子女的一片爱心。

母亲的针线活儿，看似是她们那一代人基本的生活技能，但在我的心里，却是一种无可替代的关爱和温暖。当下，这样的手工制作也许不再需要，机械化的普及也使得这样的针线活儿几近失传。但母亲在灯下做针线活儿的身影却在我的脑海中时常浮现，粗涩的麻线穿过鞋底的声响，仍时常在我耳畔回响，我知道，这是一声声母爱的旋律，这旋律会陪伴我一生。

西门口的生意和情谊

或许故乡这座小山城最早的城市格局，就是这条沿青弋江由南往北蜿蜒而起的十里长街。鹅卵石与青石板铺就的路面，白墙黑瓦的两层小楼面对面挨着个地排列着，队列中间或插进几间低矮的平房，小街的天际线便高高低低的有了一些起伏，使光阴的流逝也仿佛有了节奏感。

这条长街由南往北，依次对应着青弋江上的三个码头——南水关、西水关、北水关，被分作三段。南水关那一段唤作南街，北水关那一段唤作北街，唯有我家所在的这一段对应着西水关的街面换了个称谓，叫作西门口。街长约一百多米，住着百十户人家，顶北面的那家门朝南开，算是小街的终点，从此处拐个弯再往前，街便分开作两路，一路向东，叫文昌巷；一路向北，才真正开始叫作北街。

据说，西门口一带原本是商贾云集、生意兴隆的地界。紧临西水关码头有地利可依自然是证据之一，而早年街面中央青石板上那道深深的车辙也能算无言的证词了——那是要多少辆独轮车、经过多少年碾压才能有的啊！新中国成立后，县城东扩，有了新的规划，南街、北街连着西门口也就都成了老街或者叫内街。经营了数十年乃至数百年的这厂那坊，东店西堂，歇的歇，关的关，一时间烟消云散了无痕。那些房屋则由县房管局改造成居民住宅，出租给陆续从四乡八村进城谋生的人们。街上不再有过往的喧嚣和热闹，原本不相识的人们拖家带口落脚到这儿成了街坊邻居，日子便一天天平常又平静地过下来，和睦融洽，民风朴实，波澜不惊。

然而，西门口又有和南街、北街不一样的地方，1960年代起，一公一私两家店铺的开张让它在平静和平常之中多了几分灵动，聚集起了旺盛于南街北街的人气，也丰富了古老街巷里的世俗情怀，邻里关爱。

这两个店铺，一个是我家对面的王记开水铺，我们俗称其“水鼓炉子”，算是那个年头为数不多的私营买卖；另一家是距此不到五十米的工农旅社，由县饮食服务公司开办，正规的国营生意。水鼓炉子专司开水供应，不用挂牌支幌，解决的是街坊邻居们的生活所需，一分钱一瓶的水生意，从一开张就没有闲下来过。那旅社就不同了。既是旅社，肯定是做外来客的生意，那时又不兴在报纸、广播里做广告，一个小旅店置于深巷，极不起眼，很容易被行色匆匆的旅人所错过，为了招徕客人，旅社便当街横跨东西两座小楼，高高地拉起了一幅由铁丝串起六块正方形白铁皮组成的招幌，上面写着六个红色的大字：国营工农旅社，在老街冷色调的背景里煞是醒目，百米开外都清晰可见。

水鼓炉子生意的高峰时期多是在每天清晨。家乡人有早起就泡茶喝的习惯，而一瓶开水无疑就是至关重要的了。那时老百姓家里烧火做饭都是用的柴草、土灶，点燃一次费工夫不说，算算账也不如花一分钱到水鼓炉子打瓶水来得划算。上百户人家，几百口子人在这同一个时间段，有着同一个需求，这街上唯一的水鼓炉子生意也就没法不好了。于是，不论春夏秋冬，每天早上四五点钟就有人拎着开水瓶来排队打水，你来他走，络绎不绝，人声鼎沸，毫不夸张地说，西门口的一天是由水鼓炉子上第一锅开水拉开的序幕。

水鼓炉子和邻居墙贴墙、门对门，即使王家人努力轻手轻脚、轻拿轻放，每天凌晨作业的响动多少还是会惊扰街坊们的美梦。见到早起的邻居，王家也就会客气地道声早安，也有表示歉意的意思了。而时间久了，大伙儿也就慢慢习惯了，打趣说水鼓炉子开门就是起床号，让大家伙儿都变得勤快了。

这也让水鼓炉子的主人有了给邻居“开后门、行方便”的理由：每天一大清早就惊吵大家，还不能给个方便补偿一下？这个方便就是在早晨高峰时，隔壁邻居们不用按秩序排队，而是把水瓶直接递到炉台里面，王家人便马上给满满灌上一瓶，让他好回去泡壶香茶。邻居们也不会贪得无厌，把这个方便无限放大。夹塞插队只灌上一瓶，应急泡茶，而不会多灌一瓶影响其他排队的客人。长年累月，这似乎也成了大家默许的规则，谁也不会去计较。

水鼓炉子做的是水生意，接通自来水之前的那些年里，用水只能靠人一双肩膀、两只木桶，从青弋江里一担担地挑来。每天二十四小时几乎不间断用水，如此大量，王家自有人手显然不够。记得他们先后雇过几个挑水工帮忙，这几个人都无固定职业，靠打零工、做小工养家，能给水鼓炉子挑水，每月有相对稳定的收入，正解了燃眉之急。闲着的街坊邻居偶尔也会受聘客串帮个忙，给铺子挑上一天、半天的水救急，王家都会计量付酬、童叟无欺地结算工钱。想想这也算是增加了民间的就业与创收机会吧。

水鼓炉子烧水的燃料以木材锯末屑为主，搭配些当地煤矿自产的煤，热量似乎不是太猛，一铲铲锯末和煤从炉口填进去，嵌在灶台上的六只铁吊锅里的水得等上一会儿才能烧开。这个间隙，就是来打水的街坊邻居“呱蛋”（闲聊）的时光了。那时广播、报纸的覆盖率不高，民间七嘴八舌的小道消息往往更能及时或抢先揭秘，披露一些事件的内幕。家长里短、本地新闻、外埠轶事、即时世态、往昔风云，在这儿都能听到。来源渠道不一，发布人身份各异，这些小道消息也免不了添油加醋，连蒙带猜，甚至以讹传讹，大家伙儿都心知肚明，只当闲暇一乐，哪听哪了。

水鼓炉子服务的是近邻，工农旅社接待的当然就是远客了。平日无事，街坊们也不会去旅社，只是母亲们偶尔会借用它大堂兼餐厅里的那几张大方桌，拼到一起当作平台，在上面飞针走线地缝纫被褥。来住店的都是外地一些厂矿的采购员、销售员，旅社收费也不高，块儿八毛就能住一夜，正适合他们。不管是来买的，来卖的，大多是匆匆来，匆匆去，基本上融不进小街的生活。只有极少数的客人会来了走，走了又再来。

我印象最深的是一个江苏人，年纪也就三十岁左右，个子高高的，人偏瘦，梳着大背头，说一口我们还能够听懂的外地话。开始谁也没注意到他，有天下午放学路过十字街头，见东南角弋江大饭店的门口聚集了很多人，远远望去，一个青年人站在一只木凳上，手里拿着根细木棍，像老师讲课一样，指点挂在墙上的一张写满字的大白纸，高声地说着什么。我和同学好奇地挤过去一看，原来这人在传授生活小窍门，比如哪两种食物不能同时吃，怎么去除衣服上的油渍，等等，直讲得唾沫星子横飞。讲完了就下来往围观者手里塞一本小册子，边塞边说："生活小窍门，一毛钱一本，花小钱办大事。"我一看，小册子是用蜡纸刻写后油墨印刷的，比我们的课本略小些，薄薄的十来页。有人摇摇头把它挡回去，也有人会掏出钱来买。出于好奇，我也买了一本，回家后照着里面的小窍门做了几项家务活，还真管用。因此，这人在我心中就成了无所不能、通晓天下的神仙一般的人物了。

谁承想，这个神仙般的人物竟然就下榻在西门口的工农旅社里！我在某个傍晚路过工农旅社，不经意一瞥，就看见他正在那儿吃饭。他一抬头，似乎也认出了我，示意我过去，聊过之后才知道他来自江苏扬州，当过赤脚医生，这本《生活小窍门》是自己收集整理，刻写印制成册的。他特意说，里面有不少属于民间秘方，篇幅有限，还有好多没写进去哩，以后要一本本地接着出。第二年的春天，他又来了，还是住在工农旅社，还是在弋江大饭店门口叫卖。但我翻看他新版的小册子，却发现内容和去年那本相差不多，并且有一种似曾相识的感觉。仔细一想，猛然明白了，其实小册子里的不少内容是从《十万个为什么》那本书里摘录下来的！那时图书出版不多，习惯买书的人更少，他就钻了这个空子，借着推广、普及知识赚了点钱，也算是个文化商贩吧。

工农旅社成了文化商贩的驿站，又无意中当起了红娘，见证了一段段美好的姻缘。几位外地来的采购员小伙子，连续两三年出差都在这儿住，天长日久的，竟在做好了生意的同时，还和街上的姑娘、旅社的服务员谈起了恋爱，一位娶了漂亮的王姐姐，带去数百里外他的家乡落户；另几位则作为爱情的俘虏，随着对象入赘留在了这条街上，成为“西门口公民”。远嫁的、上门的，都同样演绎出缠绵悱恻、温馨感人的爱情故事，一时间传为美谈，也让国营工农旅社这块商业招牌浸润了浓浓的世俗情怀。

几十年过去了，西门口这一公一私两家生意早已歇业。最先退出江湖的是公字号的工农旅社，它是败给了雨后春笋般的星级宾馆，整栋楼被分割成了饮食服务公司的若干间职工宿舍。而王记水鼓炉子几经改造升级，熊熊的炉火一直燃烧到二十一世纪初叶，才在街坊们的依依不舍中，和整个西门口老街一起隐灭在旧城改造的硝烟里，代之而起的是整洁的滨江大道。宽敞的街面上，水鼓炉子、工农旅社没有留下一丝一毫的印记，但是，老街坊们每每走到这里，都能准确地找到它们的故址。站在那儿，就仿佛看见了水鼓炉子升腾起的热烘烘的水汽，仿佛听到了工农旅社店招在晚风中叮当的微响，过往的那些生意画面、情谊旋律便在眼前浮现，在耳畔回旋……

西门口的吹拉弹唱

日子过到1970年代的最后几年，历史出现了转机，春天的气息扑面而来。冰雪消融，神州欢歌，广播、收音机里飘荡出的不再只有八个样板戏的高亢唱腔了，银幕、舞台上展示出的也不再是批斗走资派的群情激愤了。文化的百花园开始孕育起一场万紫千红的盛宴，酝酿着一波激浊扬清的春潮，民间文化活动闻风复苏，不失时机地萌发为其中的一朵浪花、一片绿叶，把老百姓的生活装点得欣欣然又融融然。

我家所在的西门口此时也有了不同以往的热闹。在一条街上住了十几年从不显山露水的大叔大婶、大哥大姐们纷纷抖擞精神，展歌喉、弄丝弦。一时间，歌舞欢快，笛声悠扬，琴音婉转，宛如天籁，古老的小街俨然有了大众文化舞台的气象！吹拉弹唱、黄梅（戏）花鼓（戏）、琴笛箫笙，浑成交响，在日子的长河里激荡出一阵阵温暖的涟漪。人们不禁惊讶：原来西门口竟是一个藏龙卧虎之地！

居委会得风气之先，由吴奶奶主导，拉起了一个黄梅戏小段《打猪草》的演出班子，而且是清一色的女演员。蔬菜公司的老叶家夫人反串扮演金小毛——一个调皮的农村少年小子；而理发师老余的夫人则出演剧中另一个角色——村姑陶金花。虽说那时她们也已是人到中年，但唱腔依然清亮，扮相透出淳朴，举手投足、唱念颦笑之间，把两个乡村少年的活泼、调皮表现得淋漓尽致。观摩欣赏之余，街坊中有人就说她俩是被耽误了的好角儿啊！

排练需要场地，而街上房子宽敞的人家只有和我家一院之隔的张家了。要说房子大，他家不说第一，整条街上就没哪家敢说第二了。一个堂间（客厅）、两个小院（其中一个做了菜园子）、三个房间，而仅一个堂间就相当于我们班教室那么大，还带天井，透光透亮，是开个小会、排个节目最为合适的场地了。更重要的是，这是他家祖传的私有房产，他们既是房客又是房东。房子既然是自家的，派啥用场自己当然就能作主，面积又大，三两个人演一台戏转身抬腿空间足够用。吴奶奶便出面和张家商量，张家很痛快地答应了。

从此，每周至少有一个晚上，张家堂间锣鼓叮当、唱腔婉转，像

春

是剧院一样。三分之二的空间划作“舞台”，供两个主角且唱且舞着，三四个人的小乐队拉胡琴、吹笛子、打锣鼓在一旁且奏且敲着，加上居委会工作人员、看热闹的大人孩子，每次戏一开场整个堂间就被塞得严严实实。耳濡目染、音熏乐陶，几个礼拜下来，街上甭管大人小孩，甭管音调准不准的，不会唱也能哼了，“郎对花姐对花，一对对到田埂下，长子打把伞，矮子戴朵花，此花叫作呀得咿得喂呀，得儿喂呀得儿喂呀，得儿喂的喂……”这几句戏词时常在街上回荡，恍惚中直把这古老的小街唱成了草青花红的辽阔田野。

《打猪草》由街道居委会出面张罗，自然就有了些官方色彩，算是组织安排的集体项目，排演的目的是为了参加城关镇及县里的群众文艺汇演，因此它就上升到了西门口文化的一项“龙头工程”。为确保质量，排练过程中居委会还专门请了县剧团的名角儿来辅导指点，又买了服装和必要的几件小道具和锣镲等乐器。当二位主演化好妆、穿戴齐整之后一亮相，活脱就是两个农村小娃子，乡土气、孩子气，气韵生动，赢得街坊老少又是一片喝彩。

与此项集体活动同步的，当然还有更多人的自娱自乐，一把胡琴、一根竹笛、一只口琴，便将平常的日子搅动出愉悦的节奏，给西门口增添了一股浓浓的文化气息。

胡琴拉得最好的，当数和我家同住一个大屋里的钟家老大。现在想来，他在音乐方面特别是弦乐演奏上肯定是有天赋的，然而他的家庭背景、生活环境却是和音乐一点关系也没有。他的父母都是裁缝，在县服装社上班，除了给顾客量体裁衣，没见他们摆弄过什么乐器，他本人也是十五六岁就下放到了农村，更没有进专业院校深造的机会。硬要和音乐扯上点关系的话，恐怕只能说是他打小时候起，就从父母脚下缝纫机的嗒嗒声响中听出了音乐的节奏，培养了独特的“乐感”，加上后来的勤奋好学，渐渐地掌握了演奏技巧，把胡琴拉得在全县都小有名气。这背后有多少的付出？有多么的辛苦？细挖定会是一个感人的励志故事！夏夜纳凉、冬日围炉，下班之后的傍晚或是调休在家的日子，反正一有空闲，他便会拉上几段。他拉得最得心应手的是京剧《智取威虎山》中“打虎上山”那段以及那个年代的流行曲，也拉《二泉映月》《赛马》等名曲。当乐曲的磅礴气势、热烈气息和奔放旋律在他快弓、跳弓、拨弦、颤音等技巧的运用中呈现出来时，围在一旁的我们就不知不觉沉浸到了美妙的艺术意境中。街里大人孩子都爱听他拉胡琴，在他，这只是工余时间里的放松、休闲，是一种业余爱好；在我们，则是一次次艺术的享受，音乐的滋润。

曾有几个邻居想让孩子跟他学琴，但是一来要买把胡琴还是挺贵的，二来他在化肥厂上班，时间也没法保证。结果是想拜师学艺的多，但没有一个成了的，连他的亲弟弟也没能学到他那一手，也算是个不小的遗憾吧！

相比拉胡琴，吹口琴、吹笛子似乎容易些，因此，胡琴拉得好的只有钟家大哥一人，而口琴、笛子吹得很棒的在西门口则不下四五个人。相比其他乐器，一根竹笛可谓最简易、最普通也是最便宜的了。还有更省钱的办法，就是把粗毛竹内壁的那层蝉翼般的白色内膜小心翼翼地揭下来，当笛膜用，效果也不差。我和几个同龄伙伴也曾兴冲冲地摆弄过一番，还跟在几个笛子吹得好的邻居兄长后面学习过几天，但是都没有长性，摆弄两天，不是把笛膜一张张贴坏，就是用气不对，吹出来的调子或尖或闷，被人嘲笑为“杀猪”“撵狗”，感觉没面子，自尊心受到挫伤，索性就不学了。只有那几个大哥哥执着地得空就吹上一段《扬鞭催马运粮忙》之类的名曲、小调。其中一位后来还正是靠这个技艺，被当作文艺人才特招进了县文工团。街坊们和他开玩笑，说是他“吹”出了一份工作。而没吹好笛子的我便去给小伙伴们“吹”故事，把从别处听来的、从书上看来的故事，或添油加醋、或随兴发挥，讲给他们听。每每也是“吹”得大家伙儿很开心。

街坊们唱的唱、吹的吹，优哉乐哉，却仍然有一群七八岁左右的孩子放学后无所事事地闲溜达。此时，大学已经开始恢复招生，街坊中也有几个下放到农村的哥哥姐姐陆续考取了大、中专学校，跳出了农门，给小字辈们做出了榜样。但有些孩子似乎天生对学校的文化课热情不高，更喜欢舞刀弄棍，家长们看在眼里、计上心头，琢磨着为他们设计一条“剑走偏锋、另辟蹊径、干专业事”的成才路径，谋前程、找饭碗。从县黄梅剧团分流到建筑公司拉大锯的马大叔下手最早，把自己武生演员的“本钱”（功夫）无偿拿了出来，着手教孩子操练起戏曲基本功，期望着孩子日后以专取胜，考取艺校或是考入县剧团。最初只是马家老二、老三两个小子学，课堂就在街边他家门口的一小块空地上，两个孩子从压腿、下腰开始练，老马坐在一旁拿根细细的竹枝连敲带打的指导。不几天，这堂民间练功课就成了西门口一景，来水鼓炉子打开水的近邻、住工农旅社跑生意的远客，都会在这个时候围观一番，并给孩子们以鼓励的喝彩。又过了几天，另有几户街坊也找到老马，商量着让自家的小子也跟着一起练，老马欣然同意。

练的孩子多了，街边上就不方便了，便将课堂移到了几位街坊合住的那个大院里，在地上铺一张加厚的草席当作练功垫，六七个孩子在老马的口令下，压腿、下腰、仰卧起坐，然后是“踺子带小翻”（我们俗称为“翻跟头”“打反扑”），一节一段、一招一式地练起来。练功是很辛苦的，尤其是刚开始练，筋骨肌肉还未拉伸开来，劈腿下腰本就扯得筋痛肉酸了，练不好还要吃老马的细竹鞭，故每天总有小家伙一直哭哭啼啼地练到下课。有人心痛孩子，让老马别那么严厉，老马平静地回答：“练功夫吃的就是碗苦饭。没有今日苦，哪得日后甜？”后来，这些孩子中有两人还真的就被特招进了县文工团做武打演员，如愿地解决了职业问题。虽然后来文工团解散，他们不得不改行做了其他工作，武功不再有用场，但当年那个踺子带小翻练就的刻苦精神、坚韧毅力却一直是他们人生的本钱。

这样的日子持续到 1980 年代。更大的社会变革逐渐改变了西门口的生活节奏和生活形态，如今，那儿早已成了宽敞的滨江公园，曾经的吹拉弹唱化作了每个早晚热烈奔放的广场舞。老百姓们用一种和时代合拍的全新方式表达着对生活的热爱，对日子的满足。在我看来，曾经的和当下的西门口始终都是时代变迁的缩影，都在昭示着一个道理：老百姓能够自由自愿地按自己的想法生活着，就是和谐社会，就是太平盛世。不需要有太多的渲染和装点，平凡的日子过踏实了，就是高贵；旋律真正地从内心流淌出来，就是高雅。从这个意义上说，我觉得西门口当年的吹拉弹唱又是一份有着历史价值的民间文化标本。

钓　鱼

在很多人眼里，钓鱼不过是一件极为简单的事，只要有根鱼竿，拴上鱼线、鱼钩，挂好饵料，抛入水中即可。而我的实践告诉我，要成为一个好的钓者其实也不容易。

钓鱼以不同场地划分，我把它分为“野钓”“官钓”两类。野钓一般是指到自然的江河湖泊中，去钓取自然生长的鱼儿。好处是能在等鱼儿上钩的过程中，感受人与自然的相融相亲，汲取山水的灵气与滋养。而钓上来的鱼也是原生态的、纯野生的，用现在的话说是“绿色、环保、安全”，是天赐之美味、地设之佳肴。但野钓也往往会有遗憾，可能你守上一天也未必见得能钓上几条鱼来，至于能钓到什么样的鱼、多大的鱼，更是全凭运气。而官钓则是指那些有组织、有部署的垂钓赛事，讲程序、讲规则、讲结果、分胜负，要考验钓者的技巧、眼力。至于当下一些人在农庄、乐园的鱼塘里甩竿取乐，则纯粹算一种游戏了。塘中的鱼极多，极易咬钩，你只要下竿，就会不停地有鱼上钩，根本不需要你的耐心、你的钓技。每每收场时，要付出比在市场上买鱼更多的钱，这种钓法，与其说是钓鱼，不如说是买鱼，故为专业钓者所不屑。

少年时代，常见街坊大人们在青弋江边下竿垂钓。那是一个物资贫乏的岁月，到河湖港汊钓鱼、捕虾算是人们改善生活的一项重要活动。闲来无事时，我也常混迹其中。受条件限制，装备也就十分的简陋和不专业了，只是用一根竹鞭，系上几米尼龙线，把一只大头针弯曲后，在靠近针尖处用老虎钳夹出一道刺刃来，鱼饵则是在房前屋后挖些蚯蚓。而那些痴迷于钓鱼的人士所用的鱼鞭、鱼线、鱼钩甚至鱼饵都有些讲究，也有固定的垂钓处。下钩之前，先要向水里撒一把白酒浸泡过的米粒，俗称“打窝”，目的是以酒香将周围的鱼儿吸引过来。打窝后要稍等片刻再下钩，然后就点上一支烟，或是呷一口茶水，目不转睛地盯着浮在水面的鱼漂，等待鱼儿上钩了。那个时候，青弋江还是碧水泱泱，鱼翔浅底，钓者也不会空手而归，而我等毛头少年却常常一无所获。一是我们玩心太重，耐不住性子，几分钟、十几分钟不见鱼儿上钩，就腚下长刺，按捺不住，恨不能下水去捉它几条。二来也是装备落后，技不如人。由此我认同了坊间的说法：急性子的人不是好钓者。

前不久回老家，有幸见识到了一场堪称气势宏大的垂钓场景。在青弋江灌区总干渠——家乡人俗称“运河”的五里岗段，群山簇拥的一片辽阔水面上，每隔一二米就有一位垂钓者，数数足有三四十位之多，山、水、人，各显姿态，构成一幅其乐融融的恬静、悠然的画面。走近再看，钓者阵容之强大、高端更是令我惊讶，他们居然都坐在了离河岸有近几米远的河中！细一打量，才发现原来是各有一个不足一平米见方的金属小平台固定在水中承载着他们，让他们能够气定神闲地下竿观鱼。每个人面前都有三四根钓竿伸入水中，大多数时间里，他们只坐在平台上吸烟或玩手机，彼此间也小声地聊天逗乐，间或打量一下水中的鱼漂，每隔数分钟，就有大小不等的鱼儿被某个钓者拎出水面，引来一阵喝彩！我还注意到河对岸的小山坡下，散落着几顶绿色的帐篷，在山光水色之间显得格外耀眼。问过后才知道，过不了一个月时光，运河将断水整修，此后数月，水枯河干，鱼儿遁迹。眼下几日，便成为钓者们一年中最后的盛宴，四乡八邻的钓客们便云集于此。更有痴迷者视此为一刻千金，不甘须臾错过，索性在河边伴着青山绿水安营扎寨，闲看日升月落，不舍昼夜；饱览水光山色，垂钓怡情，一日三餐都由家人送来。这等痴迷、执着，着实让我折服。

和几位钓者攀谈，得知他们大多把钓鱼当作休闲娱乐，图个修身养性、陶冶身心。也有几位是以此为业，钓上的鱼直接送入城里的菜市场售卖，每每也能有不少的收益，俨然形成一个完整的生产、消费链条。当然，他们的投入也不小，金属的云台、金属的钓竿、种类繁多的鱼钩等整套装备，是需要花费大几千元人民币的。但是，这一次性的投入，比起源源不断地收获——钓来的鱼可以卖钱，钓鱼的过程又是休闲，物质有所得，精神有所乐，终究还是吃小亏占了大便宜。

今天，更多的钓者是为了休闲、娱乐。我的一位同事算是超级钓客，但他自己却从不吃钓来的鱼，常常是几条几条地馈赠于他人。对他而言，钓鱼就是一件好玩的事。也有那些以钓鱼为业，维持生计、改善生活的钓者，对他们来说，目的就是能有多多的鱼儿上钩。

对于人类这些复杂、多样的思想、情感和认知，鱼儿们永远无法懂得。人类的思维、能力随着时代的发展不断地进步、提升，可是鱼儿们却永远还是那个离不开水、只为口食而活的生灵。它们哪里知道，当自己幸遇美食、一饱口福的那一刻，也就是寿终正寝之时，或许它们在被拎出水面的那一刻，才会痛切地领悟到：这诱惑是要命的。

一件看似很平常的事，能生发出这么多的意义，除了其本身具有的多重价值外，和人们的主观意识也是密不可分的，更体现了人的智慧和心计。在人类面前，一切其他生灵——当然包括鱼儿在内，都永远是失败者。而人类是不是也应该从中得到某些启示和感悟呢？

那年那月，勤工助学

出生于二十世纪六十年代初的这一茬人，在少年时期，大多数都有过一段打零工为自己挣学费的经历，这个经历的书面语表述叫勤工助学，有人也叫它勤工俭学。不管是助学还是俭学，表达的都是相同的意思，就是利用学习之外的时间参加劳动，把通过劳动获得的报酬作为学习、生活的费用，帮助自己完成读书学习的任务。“勤”“俭”二字提醒我们：既要勤奋，又要节俭，这样才能在劳动和学习的双重锤炼中，成为一个人格健全、身心健康的人。

这一茬人的勤工俭学大体上基于两个因素，首先，是中华民族千百年传承的自立自强、勤俭朴素精神的熏陶，从小就重视培养热爱劳动、热爱学习的良好习惯；其次，也是更具时代特点的重要因素——当时特殊的社会经济环境。

在这一茬人成长、求学的这一阶段，正是我们的国家经历三年困难时期、饱受“文革”动荡摧残的时期。重“革命”、轻生产造成了发展停滞，经济孱弱，物资贫乏，人口却悄然增长，全国平均每个家庭至少都有四五张嘴要吃饭，二三个孩子要读书，甚至一家有七八个孩子的情况也不少见。那时工人阶级普遍的月工薪水平在三四十元以下，刚入职的学徒工每月的工资才十多元，这样的收入状况决定了百姓的财力实在有限。情况好的，即使是双职工之家，全部收入加起来也不过五六十元；情况差的，以一人之薪，担负全家的吃喝拉撒睡学用诸项开支，真正是捉襟见肘，顾得了头顾不了腚。尽管和今天相比，那是一个低物价、低消费的黄金期，但和当时的收入一挂钩，这个“低”也只能作为经济学史研究中的一个参照而已，并不能给实际生活带来什么益处。

好在中华民族从来就是不畏苦难，中国人民从来都不会被困难所压倒，用现在的话说，就是“办法总比困难多”，在“自力更生、艰苦奋斗”“劳动光荣、懒惰可耻”的口号感召下，生活在这一时代的青少年也就光荣地跻身于劳动者行列。主动的也好，被动的也罢，纷纷欲凭一己之力，来分担家长们的压力，学习之余，特别是在寒、暑两个假期中，通过各种途径去勤工助学。

和当下一些年轻人的创业创新相比，二十世纪七十年代的勤工助学几乎全是体力活，没有什么科技含量。有的人会因为家长的工作关系，近水楼台，揽到一些垄断性行业的营生，不苦不累、相对轻松地挣得一些零钱。而更多的人，只能是干粗活儿，出蛮力气。比如为建筑工地上的砖瓦匠打下手，和泥递砖，清渣运土，我们叫“做小工”；帮一些厂矿运送生产原料，东城西城，穿街过巷，我们叫“拉板车”。平均一天都能有一元左右的收入，一个假期下来，相当于给家里增加了一份月工资。每次假期结束之后，特别是在30多天的暑假结束之后，再次聚集在校园里的同学，尤其是男同学，大多数都是皮肤黝黑、精神昂扬，带着兴奋和满足的口吻，像是讲故事一般地谈论起假期“做小工”的经历。对我的同龄人来说，这些风吹日晒、出力流汗的体力活儿真正是磨砺了心志、锻炼了筋骨，当然也强健了体魄，更重要的是挣来了开学要交的学费，此时，收获的喜悦冲淡了一个夏天劳作的辛苦与疲惫。

在我们的那班同学中，我属于体格较弱、年龄偏小的一个，所以，这种场合总轮不到我显摆的份儿，只能当个听众，分享着王明、李勇等同学的工地传奇。

干不动大活儿、重活儿，可也不能不干活儿，何况我的家境也属于主要靠父亲一人工资养家的那一类，要是能挣来自己的学费，对家庭的经济压力无疑是个缓解。家父当时在县食品厂供职，也就是这个身份的便利，让我有了比其他同学相对优越的勤工条件，这就是我此生第一份学习之外的营生：卖冰棒。

这是一份食品厂职工家属的专属业务，概不外包，小学五年级开始的几个暑假中，我便享受着这一“专属权”。背起一只木制的长方形小箱子（比当时赤脚医生的药箱稍大），装上一百根左右的冰棒，行走在县城不多的几条街巷中，一遍遍吆喝着“香蕉冰棒”，希望在给人们送去清凉的同时能够挣取一个月后需要交的学费。

冰棒从厂里批发出来是每根一分五厘钱，县物价局核定的市场零售价是每根三分钱，这样，每卖出一根，毛利就有一分五厘钱。那时没有现代化的冷藏降温设备，仅是在木箱里连铺带盖给冰棒捂上一床厚厚的棉被，以延缓冷气的挥发，使它们在几个小时内保持坚硬而不融化。

冰棒是县食品厂的独家买卖，没有竞争对手。但县城不大，人口不多，老百姓又缺乏随性花钱的资本，所以，虽然只需三分钱就能买一根冒着凉气、带着果香的冰棒解馋解暑，可不到迫不得已，仍不会有人轻易掏出这三分钱。这时，对于卖冰棒的人来说，推销技巧就显得很重要了。入行之初，我不善叫卖，又不愿在大街小巷穿梭，更拉不下面子在影院、剧场等人群聚集之处和同行张大妈、李大叔争抢生意，故而常常是一天下来，一箱冰棒卖出一半、融化一半，晚上一核账，扣除成本，一分不剩是常态。

这显然不是目的。虽然对我而言，勤工也有经受劳动锻炼、培养吃苦精神的目的，但挣钱助学才是绝对的硬道理，不扭转这一无利局面，

再硬的道理也就会像太阳下的冰棒一样化成一摊水。“业内人士”传授了两个办法：一是在城里勤跑多喊，见缝插针地推销，让冰棒在融化之前卖出，提高利润率；二是辛苦自己，送货下乡，到郊区农村，能将城里卖三分的冰棒每根卖到五分——但要冒着被人扣以“投机倒把”罪名讥讽嘲笑，甚至被扭送到“群专队”之类机构受处罚的风险。

受利润驱使，带着实现硬道理的决心和使命，在读初二的那年暑假，我便冒险践行了第二种办法，和比我高三个年级的一个邻居姐姐结伴，顶着炎炎烈日，背着装有一百五十根冰棒的木箱子出城，涉水翻山，步行十五里路，到一个叫赤滩的小镇上卖了一回冰棒。也算是我们幸运，那天正赶上镇里开三级干部大会，又正巧会议内容令人鼓舞，散会时，干部们兴致勃勃、大大方方地几乎每人买了一根冰棒以示庆祝。他们和当地的居民做了一次我们的忠实消费者，扣除成本和融化的损失，一天下来，我们每人挣得了两元二角五分，相当于做小工两天的工钱！这样的效益足足让我们开心了好几天。

可是好景不长，正当我们开始摸出了推销冰棒的道道，有心百尺竿头再进一步时，县防疫部门突然以生水加工、细菌超标为由，吊销了食品厂加工冰棒的资质，我们这一“投机倒把”的营生也就在初露曙光时被扼杀了。

初中三年级开始，受一个同学的启发，又通过父亲朋友的介绍，我寻得一门新的营生：给县火柴厂来料加工火柴包装，俗称“糊火柴盒”。

那时还没有一次性打火机之类的玩意儿，两分钱一盒的火柴几乎是人们唯一的引火源，所以销量相当的大，仅靠火柴厂自身的加工能力，远远满足不了市场的需要。于是，火柴厂便把加工包装盒的活儿交给了居民——当然也首先是厂里职工家属，慢慢又扩大到亲戚朋友来承担，报酬是一万个火柴盒六块钱。

别看这小小火柴盒，材料却是十分讲究。除了要用到普通的纸张外，作为盒子骨架的，是从被河水浸泡多年的硕大原木上刨下来的薄薄的一层木片，它们像是大梁、椽子，撑起了火柴盒长方体抽屉式的结构。整个火柴盒由外套和内盒组成，看似简单，但麻雀虽小，五脏俱全，需要经过糊小帮子、打小底子、糊大帮子、套盒、贴花等五道工序，需要至少两人配合才能完成。通常是由一个大人或大孩子做工长式的角色，在案子上一溜儿排开七八叠切成长条的薄纸，均匀地刷上一层糨糊，再将一根根长约五寸、宽约半寸的薄木片轻轻地摁在薄纸的四分之三处，再一张张揭起，将右边留出的一窄条纸翻上，贴在木条上，并按事先刻好的印记，折成长方形的框后套在一个木制的模具上，稳稳地放上一片木片，将四边高出木条的纸头相向贴上这张小薄片，轻轻拍实，拿起来就成了火柴盒的内盒。相比之下，盒子的外套制作就简单点儿，只需在刷好糨糊的薄纸上贴好薄薄的木片，再配对套上晾干了的内盒，按事先刻好的印记折成一个完整的抽屉式包装即可。最后就是贴盒子的封面，也就是行话里的“贴花”了。此后又需晾置二至三天，待全部干透，便按横十二只、纵十只、每盘共一百二十只的规格，在一个托盘里码放整齐，用一根细麻绳松紧适度地捆扎成为一盘，再以十盘为一组捆扎好，就可以送去厂子里交工了。

初三的暑假，我带着弟弟妹妹，每天清晨五点多钟就起床，在小院里置好一张小竹床当工作台，我担当工长的角色，负责刷糨糊、布小条，弟弟妹妹负责打小底子，按部就班地忙活起来。这个时段，天清气朗，太阳还未照进小院，微微凉风拂面，种在墙脚的那株绣球花朵朵盛开，淡香四溢，提神醒脑。为排遣劳动的单调，通常我都会在身边放上家里那只时响时不响的半导体收音机，收听曹灿先生播讲刘心武的儿童小说《睁大你的眼睛》。我们三人耳不闲手不闲，一直忙活到八点左右，此时太阳越过了屋顶，阳光照进小院，暑气渐浓，我们便收工回屋。早饭过后，各自去做暑假作业。午饭后，小睡一会儿，又开始下半程的工作。

当然也不是所有的同龄人都要去勤工助学，暑假对一些家境较好的小伙伴来说，真正就是一次休息，不用起早去上学，除了完成不太多的作业外，再没有任何负担。于是，他们就常常聚在我的家里参与我们的勤工，玩儿似的顺手帮着我去实现挣钱交学费的硬道理。而我回报他们的，一是给他们讲反特故事，二是当他们在外面被人欺负时，出头帮他们打场群架，讨回公道。讲的故事大体上是参照当时风靡的手抄本读物《梅花党》，还有偷看到的《福尔摩斯探案》之类，添油加醋地演绎。我绘声绘色地讲，小伙伴们津津有味地听，全然不管明显的情节漏洞和矛盾，乐呵呵地帮着就把活儿干完了。想起来，似乎有点“文化搭台，经济唱戏”的意味。要知道，在那个电视机远未普及到家庭，不多的几部国产电影又基本被我们看得能够背出情节的时代，讲故事、听故事是我们一项重要的业余文化活动。

如此这般，在街坊小伙伴的友情赞助下，一个暑假，我们糊出了六万个火柴盒，得工钱三十六元，交完学费，还从百货公司买回了一台垂涎已久的山花牌半导体收音机。

这段勤工助学的生涯在迎战高考那年宣告结束。这些短暂的营生，虽远不足以让我们完全实现自食其力，也不能够承担养家糊口的重任，但些微的收入，多少也减轻了一时的经济负担。更重要的是，磨砺了我们这一代人热爱劳动、不惧困难的性格，让我们懂得了每一分钱的来之不易，勤俭、勤奋、勤劳成为人生的标尺。而在这一过程中，能够和街坊小伙伴们一起边劳动边娱乐，也使暑期的生活洋溢着友善和互助的气氛，至今回味，仍是温馨感动。

艰苦的岁月，正是励志励心的佳期；平凡的劳动，历练克勤克俭的人生。

少年棋事

中国象棋是我们民族特有的文化遗产，红黑双方，32 颗棋子，在方寸棋盘上演绎出沙场风云，攻守进退之间，更不乏人生智慧的意蕴。正因此，中国象棋一直是人们学习、娱乐的基本选项，当下更成为少儿国学课程必不可少的一个科目，影响力早已远播海外。我开始学习下象棋是十岁左右的事。街坊之中，善弈者众，我的近邻秋哥就是位象棋高手，曾经和在街上工农旅社驻店的外地人下了一场盲棋，结果完胜对手。平日里和街坊对弈，也是胜多负少，名闻遐迩。有这位高手带着，街上十多个和我同龄的小伙伴便一时间对象棋增加了许多兴趣。

关于象棋的基本知识，大多是家长们传授的，但因为每个家长对棋

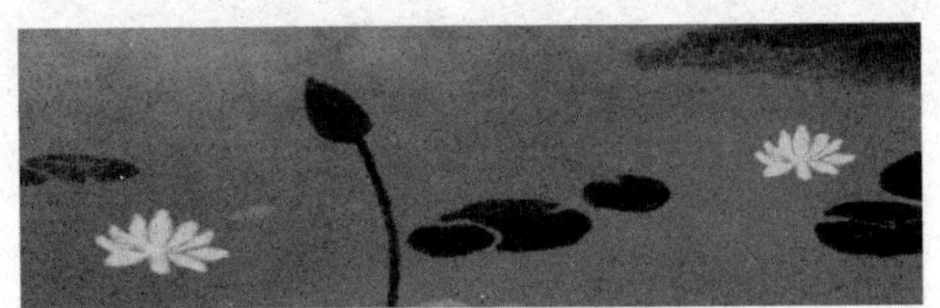

的兴趣不一，所以通常也只是把“象飞田、马走日、隔子架炮、小卒过河当车用”等基本的规则告诉了我们而已，至于棋艺的好坏，则全看个人的勤奋与悟性了。也有人为学棋专门拜师，虽无严格的课程规矩，但被指点一番过后，一招一式就有了些讲究，出手便有了几分行家风度。我们不属于专注棋艺的一批少年，平时多是“瞟学”而已，即看人下棋，自悟门道。秋哥也并不专门教我们，只是在与人对弈时，不忘招呼我们围观，看他们出车架炮、将杀打兑，体会和领悟攻守有度、一招制敌的奥妙。

那年月民间没有其他的娱乐活动，无论大人小孩，也就是下个棋打个牌，以此来调节生活的节奏，娱乐闲暇的时光。而较之于打牌的吵闹，下棋多了几分文雅和娴静，其中的门道又似乎更为深邃，所以，在人们眼里，善弈者聪明程度也是高人一筹的。每个夏天傍晚的纳凉时光，是街上棋事最盛之时，从街头到街尾，整条街上一家挨一家的凉床竹椅长蛇阵中，总不会少于七八个棋局。街坊邻里平日里都客客气气，少有吵架拌嘴，但到了棋局上，张家大哥李家小叔，却常常免不了为一子得失、昏着妙着而争得脸红脖子粗，非得有围观者出面调停才肯罢休，待重新开局，各自嘴里还免不了嘟嘟囔囔。这时，我们这群在一旁瞟学棋艺的孩子就掺和着添油加醋凑个热闹。

今天，各种材质的象棋数不胜数。每次出差，在一些酒店的大堂里，总见有以“挥泪大甩卖”为噱头推销的所谓玉石棋子，更不乏红木棋子、象牙棋子、水晶棋子之类，当然，最常见、最实用的还是塑料棋子和普通的木质棋子。但在我的少年时代，象棋这类极为普通的娱乐用品却是一副难求，国营商店也很少有卖，偶尔计划调拨来几副，因为数量有限，常常是未等上柜台就“走后门”销售一空。这种情况下，谁能有副象棋，必定就会有不同一般的人缘；而要是能有副质地特别的象棋，走路都会添几分豪气。有几位街坊就家藏有祖传的象棋，最高级的是李家那副檀木制品，每颗棋子直径有四厘米左右，还配有一张可以对折的木质棋盘，子落盘中，当啷作响，让对弈的过程也增添了几分庄严凝重。因年代久远，棋子已被摩挲得泛出油光。这类棋别说我们这些刚学艺的孩童难得享用，即使是那些成年的棋迷也不是人人都有福气把玩。主人用一只木匣装着，还包裹一块红布，非遇到常年棋友或是高手，不会拿出来摆盘，心爱程度可见一斑。能和他用这副棋下上几盘，对有些棋迷来说，不亚于逛了一趟上海大世界。

学棋当然得先有棋，商场买不着，家里又没有祖传，我们便想出了很多办法。最开始是找一些硬纸壳，用剪刀剪成棋子大小，再用毛笔歪歪扭扭地在上面写上车、马、炮等等一些汉字。棋盘也是五花八门，有用白纸或牛皮纸简单地画上方格直线、楚河汉界。也有用马粪纸画的，它的好处是有硬度，不像普通纸画的棋盘，稍有风吹便将厮杀正酣的一局棋搅和成一盘散沙。

用纸片剪成棋子虽然简单易行，但薄薄的一片趴在棋盘上，拿捏起来很不利索，轻飘飘的也缺乏子落盘中的那种厚实感。有人便从山上砍来一根直溜溜的粗细均匀的树枝，锯成一截截小块，再用砂纸将横断面磨光，写上字，就成了一副棋；也有人托木器加工店的朋友，在车床上用木头车出一副棋子，比起手工锯的，便精致圆润了许多。

我们没有力气上山砍树，也没有车工朋友，对纸片的棋子又不满意，就想着能用其他更好的材料来替代。有段时间小伙伴们把家里用过的酒瓶、油瓶的瓶盖收拢到一起，贴上写好字的小纸片，铺陈开来，在楚河汉界两边厮杀。但多数时候很难得凑齐大小一致的瓶盖，虽然一盘棋不少一颗子，但盘面上高矮胖瘦、参差不齐，看上去总是不太协调，也影响了对弈的气氛。后来还是秋哥想出个主意，这才让我们有了中意的棋子。

那是在一年的暑假，一个阳光灿烂的午后，秋哥把我们一群少年叫到一起，神秘地告诉我们，他想出了一个做棋子的好办法，就是捡些破旧的砖头，敲碎成一个个的小块，再在砂纸或水泥地上慢慢地磨成大小一致的扁圆形，用毛笔写上字，就成了一个像模像样的棋子。获此“秘方”，我们一时兴奋不已，便纷纷去建筑工地、房前屋后寻找破旧砖头，在秋哥的指导下敲打磨蹭，成型后，秋哥亲笔用隶书挨个在上面写字。人多力量大，很快，第一副砖头象棋就做成了。

不承想，新的问题又出现了。棋子是用破旧砖块磨制的，而这些砖块质地虽硬却也很脆，下到得意之时，拿起棋子往棋盘上使劲一扣，棋子便碎成了几块。秋哥端详半天，断出了症结，说是破旧砖头被弃久了，过于干燥，经不起摔打，需要用水浸泡来缓解其脆性。于是我们便在他的带领下，将一堆堆磨好的砖块棋子用瓶瓶罐罐装着，拿到临街的青弋江中去浸泡，顺便也就捞些小鱼小虾、水草浮萍回来喂鸡喂鸭，算是一次一举多得的娱乐活动。如此这般做出来的棋子果然结实了不少，在街坊中广受赞誉，不断有人让我们帮着做或学着我们做，我们更将这一发明创造视为珍宝，对于象棋的兴趣也与日俱增。

打造砖头象棋的过程中，还发生过一次有惊无险的事件。也许是对这一创新工艺过于兴奋，有次我们集体去河边浸泡棋子，同龄的邻居常志连说带唱、手舞足蹈，不经意间脚下一滑，竟一屁股坐进了河里，幸亏身边的秋哥眼疾手快，将他一把拉了起来，才使他免于滑向河水深处。这一意外让常志颇受惊吓，回到家中，他的父母也是又惊又怕，得知是秋哥出的主意，便到秋家告了一状，害得他被家长痛骂一顿，从此不愿再带我们这群孩童玩耍了。

到二十世纪七十年代后期，社会群众文化活动渐渐恢复，县工会、体委每年春节总要举办一次象棋比赛。在县城最繁华的十字街口竖起一副硕大的棋盘，上面挂着铁皮制作的大棋子，棋手在棋盘后面的房子里比赛，县广播站的播音员在现场通过话筒做实况直播，站在棋盘下的两位工作人员，代表比赛双方用长竿在棋盘上落子布局，“车五平六，马二进三”，观众们时而夸赞，时而叹惜，还不时地支招献计，一时间这里成了全县最热闹的所在。每次的冠军、每场棋局，都成为相当长时间里街坊邻里谈论的话题，棋手们在当时的影响，不亚于如今的奥运冠军。点滴棋事，各色棋子，成为人们生活中的一抹亮色。

这些年来忙于公务和生计，很少有闲暇再去下棋了，原本就不算高超的棋艺自然也就没有丝毫的提升。但每每看到别人下棋，总忍不住要过去围观一番，偶尔也随着其他看客一起给对弈者支支招。在市场上看到那些五花八门的棋子，又总会想起当年我们自产自销、自娱自乐的那些纸片、瓶盖、砖头棋子，后悔没能留下一副，作为岁月的纪念。尽管它们是那样的粗糙、普通，却凝聚着我们的心血，愉悦过我们的少年时光，在我们的心里，它们无疑贵于万贯家财。

真情“石意”好生活

一块石头——准确地说，是一块鹅卵石能干什么？通常意义上，它是用来做铺垫的，被一遍遍地夯进地里，成为车碾人踏的路基。这样的石头在我的皖南老家随处可见，只要走近青弋江、月亮湾、琴溪河、幕溪河等水系，放眼望去，两岸滩涂上满目就是鹅卵石的世界。千百年来，这些石头静静地躺在那儿，无奈地被水流戏耍，曾经的棱角被玩弄成光滑油润，曾经的丰腴被打磨成千姿百态。寒来暑往，日月更替，多少年来，人们只是在筑路、建房时才会青睐它们，而它们的命运又更多的是被夯入地下或是砌进墙里，始终是不显不露，无声无息，在一幕幕岁月的大戏中用自己坚硬的本色出演大体相似的角色。

有道是“盛世玩石”。在物质生活日益丰富的当下，这些石头幸运地迎来了久违的热闹，渐成人们关注和追逐的对象，在不经意间有了不同以往的身价。先是不知从哪一年开始，陆续有人用大小各异、形状不同、色彩斑斓的鹅卵石来装饰楼台墙面、家居庭院，营造出别有风姿的居住景观，算是给了它们抛头露面、登堂入室的机会，顺便也在提升它们实用价值的同时，赋予了它们美学的价值。接着便有人喜欢上它们所天然具有的色泽、纹理，将其作为家居摆件、观赏器物收藏。于是，在家乡几条河流的滩涂上，常可见一些男女老少，携锹带锄、弯腰弓背，工兵探雷似的在一片石头的海洋中淘捡着中意的对象。尽管他们也知道在这里不会有价值连城的玉石、玛瑙，生活也不可能因一石而暴富，但仍然乐此不疲地一遍遍翻捡着河滩。这个时候，他们其实是在寻找一种生活的乐趣，也是在发现并创造着美。一次和石头的欣喜相遇就已然满足了他们的期待。

我的两个老同学便是这些人中的代表。

其一是何君。在经历过几十年人生、事业的坎坷曲折之后，人到中年的他在家乡跑起了出租车的营生。虽然辛苦，但足以维持生计，又悠哉自在，乐在其中。本想着一生就这样波澜不惊地度过，一个偶然的机会，在几个石趣盎然的朋友影响下，他开始走进了石头的世界，并很快练就出一副辨石、品石的眼光。术业有专攻。面对家乡河滩上形态万千的石头，何君只执意追捧、淘取其中的两个品种。一曰“黄蜡石”，一曰“景文石”。黄蜡石属硅化安山岩或砂岩，内含铁、石英等成分，因地质变动破碎而滚入酸性的泥土中，受长期的酸性物质低温溶蚀，这些碎石的表面产生出蜡状釉彩。岁月变迁中，这些山石一部分又被暴发的山洪带入了江河之中。经多年水流的冲刷及沙砾的摩擦，表面变得油光滑腻，触感柔和，质地似玉，色泽光彩耀人，形状怪异迭出，淳朴自然，有很高的欣赏价值，是陈设厅堂、点缀园林的上佳石种。坊间传平凡与高雅之间往往就是这一块石头的距离，有真情「石意」的寄托，生活自然就会充满阳光和快乐。

说，黄蜡石之所以备受玩家青睐，除其具备湿、润、密、透、凝、腻六德外，其主色相为黄也是一个重要因素。虽然极品类的黄蜡石并非轻易能够得到，其主产地也并不在我家乡这个地方，但何君淘得并收藏的这些黄蜡石也算基本上具备了这类玩石的要素，只在质地和外形上稍逊一筹，若雕刻为小巧的佩件还是较好的原料。

而他所寻觅到的景文石却算得上是名副其实。这是一种蕴藏在皖南山区部分山谷河流的天然石质艺术品，乳名锦纹石，因其内含主要为亚铁离子、高铁离子及其他的致色元素，故形成了单一的红、棕、黄、褚、紫、黑等色彩的图纹以及二色、三色以上的多彩图纹。在数千万年大自然鬼斧神工的雕琢下，石头的纹理复杂多变，线条虚实缥缈，图纹内容丰富。似泼墨，似工笔，似浮雕，简洁凝重；或一目了然，或琢磨不定，不同侧面，均可见不同画面和意境；人物、动物、草木、自然风光和书法字体类图案应有尽有。早年间，著名艺术鉴赏家、美学家王朝闻先生曾概括了它的艺术特性："具备阴阳虚实、有无，多样统一"，"正反两面都是画，给人以奇妙的想象"，并命名为"景文石"，成为玩石之人的无价之宝。何君每有所得，总爱在同学群里大晒特晒，得意地博取着我们的点赞。

为了得到这些奇石，何君可谓吃尽苦头。早几年，在他玩石之初，识得此物为宝的人还不多，每每去河滩行走总不会空手而归。可是，示范效应一旦产生，好事便不再会有，在人们对景文石趋之若鹜的现实面前，不掘地三尺就想有所获得便成为奢望了。寻石快乐着何君，寻石也折磨着何君。平时要为生计在城市乡间奔跑，但一听说哪条河中有挖掘机施工，他便是顺路要去，不顺路也要专程赶去，甚至有过半路上硬甩下乘客，改道直奔石场的“毁约行为”。跟在庞大的机车后面，从机车挖掘出的一堆堆沙石中翻捡着自己所爱。指甲磨脱、皮肉出血也在所不惜。有一次，若不是他反应快，就会和机车的大挖斗来个亲密接触，后果那是相当严重的。

寻石、藏石、赏石，成了何君一日三餐之外的全部生活。功夫不负有心人，几年下来，他渐渐攒了数十块这样的石头。其中有几块曾被几位外地玩家出高价索购，何君考虑再三没有出手。问他何故？他说对这几块石头的价值自己还看不透，别人能出高价买，说明还是值钱的，现在值钱，再放几年，不就更值钱了吗？嚯，这家伙看似不动声色的表情下是商场多年历练的“待高价而沽之”的精明和狡黠。去年夏天，一场时隔三十六年的老同学聚会上，我们本想为他开办一场个人奇石展，把他的得意收藏升华到艺术及人文的高度，但他执意不肯。表面上谦逊地说所藏之石难登大雅之堂，实际上的小心思我们一看就透：他是怕我们假展览之名，行豪夺之实，将这些宝贝一抢而空。展览未办，他特意选了一块纹形如金龙飞天图案的石头悄悄地送给了我们的老班长，班长笑纳并夸赞：“这是名副其实的实心实意。”

如果说何君之爱石，走的是传统的发掘、收藏、品鉴一路，看重的是石头的“色相”和“型款”，扬的是石头天然之优势，那么，我的另一位老同学金君则是剑走偏锋，他在重石之色之外，还更看重石头的

“块”和“质”——即大小、形态、坚硬度。他又是利用了石头的什么特点，给它们派了什么用场呢？

说到此，有必要回述一下金君的人生经历。他是我们那批老同学中少有的几个很早就接触了音乐——具体说是学习了乐器的人。当年，当一些号称热爱音乐的同学还只能是吹个口琴或者拉个二胡的时候，他竟玩起了属于西洋乐器且是被视为“高大上”的小提琴！天资聪颖加好学上进，不多时光，他就将小提琴摆弄得有模有样，从他手下流淌出的美妙旋律曾迷倒了一片女生。尽管后来他并没有如愿考进大学的音乐专业或艺术专业，而是被招工进了企业，但艺术的种子却是深深植入了心间。在干了几年翻砂铸造之类的活儿之后，成长为一个统领近百号人的企业家。音乐培养了他浑身的艺术细胞，造就出他藏不住的艺术气质和较好的艺术鉴赏力；企业的历练又赋予了他超强的动手能力，车凿刨铣，样样拿得起来。这种复合型的才能让他在对待石头时有了匠心独运的作为，无师自通地成为一名河石盆景的专家。不久前的一天，当他突然在同学群里晒出一组别具一格的盆景照片时，我们才发现，在何君得意于黄蜡石、景文石的巧夺天工时，他已不动声色地将家乡这些平凡的石头加工成了精致、小巧的花盆，霎时间惊艳了同学。

点赞之余，同学们纷纷探究鹅卵石花盆的制作方法。金君也是毫无保留地给大家一一道来。首先置办好调速角磨机、金刚石鹅卵石开孔器、电磨机、软轴、电钻、平口钳等十多件工具，当然，还需要花上一定的时间学会熟练地操作这些工具。有了这个手上功夫，接下来就是对石头的选择，这需要一些艺术的眼光。不同形状、不同大小、不同质地的石头，加工的难易程度是不一样的，最终的产品自然也就会各具风姿。每次开工之前，金君都要对眼前的石材头仔细观察，从不同角度度量它的用处，根据每块石头所具有的不同色泽、形状、大小、质地，构思布局，打好腹稿，那状态不亚于将军临战前的排兵布阵、画师落笔前的碾墨润毫。待主意已定，便小心翼翼地用电钻在石头表面恰当的位置上快慢有度地掏出一个圆坑，坑的深浅、大小，依石头的大小、外形而定，这过程简直就是在雕刻一件精美的艺术品。经过这一番精心、细心、耐心的打理，一块原本粗糙、笨重的石头便在他手下变成了可以栽花种草的花盆！在里面或培土、或灌水，植进一株绿枝、几枚香草，置于案头，眼前便平添了几分生机。和传统的陶制花盆相比，这种花盆无疑多了几分灵气，也显出几分霸气。“河石巧利用，制作小盆景，精致又典雅，青石育青苗”。劳作之余，欣赏着石盆中的花花草草、红红绿绿，金君由衷且满足地感慨。

如果说何君爱石的风格属传统一路，金君的化平凡为神奇则当之无愧为创新一派。美在发现，美在创造，何、金二君用他们的实践再次印证了这句真理。他们于平凡的生活中发现着美、创造着美，美也在改变和丰富着他们的生活。

何君的藏石虽然暂时没有变为人民币，但这个爱好其实已经给他带来了财富。过去，闲暇时他总是会和朋友们打打带彩头的麻将，虽数字不大，但打起来常常通宵达旦，人、财都有点受不了。自爱上寻石，时间就全被河滩占用，彻底地告别了麻坛，少出就相当于有进项，这个账被他算得一清二楚。金君则通过石花盆的制作，让自己的业余时间有趣而充实，似乎是在坚硬的石头上演奏出了另一番动听的旋律，算是用另一种形式圆满着自己的音乐梦想。更重要的是，对石头价值的判断，需要有一定的地质学、美学知识，这就逼迫他们必须从书本、从实践中去学习，积累相关的知识，这样一来，日常的学习、钻研就恰到好处地占用了他们的业余时间，精神的世界一旦丰富，他们的脾气和个性也改变了许多。我开玩笑地说他们可以以石为业，没准又是一条很好的致富路。他们不置可否，只是说算是给生活找点寄托而已。

他们的爱好给平凡的鹅卵石增添了价值，平凡的鹅卵石也给他们的生活带来了新的乐趣。真情“石意”，装点着岁月的画卷；真情“石意”，滋润着平淡的日子。带着一颗发现美的心去观察世界，坚硬的石头也会流淌出柔曼的乐章。其实，平凡与高雅之间往往就是这一块石头的距离，有真情“石意”的寄托，生活自然就会充满阳光和快乐。

慧眼仁心一良师

师者，所以传道、授业、解惑也。这是自古以来，人们给教师职业的定位，做到了这三样，才算是一个合格的教师。而在我看来，好的教师不仅是要有这三项基本功，而且更应具备仁心慧眼——对弟子以一颗仁爱之心，恩威并重，关心他的人生进步、学业成长；善于发现弟子的个性特点、智能特长，在人生的关键节点给予导航，助其云帆高扬，驶向更远方。当了我中学三年班主任的洪永柱先生，正是这样的一位教师。慧眼仁心，是他留在我青葱岁月中的深刻记忆。

当然，教师的仁爱之心并不意味着对学生一味地宠溺。“教不严，师之惰”，老师对学生的那份仁心应是饱含在严厉的管教之中。慧眼仁心的洪老师，同时也是一个严厉得让我们生畏的兄长，巧合的是，这份严厉也正是我们初次相识的“见面礼”。

1975年的初春，我们这个班从初一年级升入初二。其时按新的政策，原来就读的小学加开的“戴帽”初中全部撤销，我们便转到了县城里唯一的中学。在生源突然扩大的情况下，学校原有的师资显得有些不足，校方便在应届的高中毕业生中，选择了若干按政策可以不下乡插队的来当代课教师，教我们班体育、语文、理化等课的正是这样几位师兄级代课老师。

那天的体育课是在毡垫上练习前后滚翻，按要求是大家排成两队，依次到垫子上去做练习。可是几个调皮的同学却霸占着垫子，翻来覆去地戏耍，那位师兄级代课老师劝阻再三也无济于事，弄得其他同学尤其是女生根本无法练习，吵吵着乱成了一团。这时，在另一块场地给兄弟班级上课的一位男老师走了过来，厉声呵斥道："都给我起来，站好，排队，一个个做！"不由分说地连拉带拽，把那几个同学从垫子上赶了出来，责令他们乖乖地和大家一起排起了队。

课后我们的班主任，也是一位师兄级代课老师告诉我们，发火的这位老师叫洪永柱、一个很厉害的人，还是师范学院数学系毕业的科班生。至于一个学数学的为什么教上了体育，代课班主任没说。后来我们才知道，是因为学校体育师资紧缺，而洪老师又是个体育爱好者，篮球、田径都是拿手项目。每位教师都是革命教育事业的一块砖，哪儿需要就往哪儿搬，体育课有需要，这块"砖"就从数学课堂被搬到了操场上。

到了初三，代课的班主任师兄另找了份中意的工作离开了学校，没承想，接管我们班的竟然就是给了我们下马威的洪老师。既当班主任又兼教数学课，我们也就成了他的专业开门弟子，而他这一教就是三年，直到我们高中毕业。

洪老师讲课中规中矩，中气十足，对数学原理、公式烂熟于心，讲起来流畅通俗。对一些难题的解析尤其用心，常常会把解题的每一道步骤都清晰地写在黑板上，等我们都记完了笔记才会擦掉继续下一节内容，不赶进度、不搞满堂灌。作为班主任，在班级建设上他也想了很多办法，对学习好的同学高看一眼，对学习差的同学也不是一放了之，而是抓住他们的每一点进步，大加鼓励，提升他们的信心，并指定了成绩好的同学结对帮扶，渐渐地使我们这个出了名的调皮班有了学习的氛围。

那个时候，洪老师三十岁出头，正值血气方刚、敢作敢为、眼里不揉沙子的年华，带我们这群调皮蛋也是奖罚分明，不和稀泥。高中一年级的初春，我们班集体去南容山里帮农民采茶，几个平时喜欢舞刀弄枪、玩武术的同学却不务正业，置山高路滑、蛇虫出没的危险于不顾，偷偷钻进林深树密之处，说是要去砍能做齐眉棍的藤条。起先几天，洪老师好言相劝，让他们随队作息，免出意外。可那几位仍我行我素，不予理睬。洪老师只好对症下药，弃文就武，在一天晚上把那几位同学叫到葛河边的一片草地上，对他们说："不要看你们好像有点功夫，跟谁学了几天就把眼睛望到天上去了。不服气就和我练练，个对个练或者你们几个一起上，看能不能把我打倒，打不倒就老老实实和大家一起采茶，不要搞那些没名堂的事！"他这一说，还真把那几个同学给镇住了，不管内心里是不是服气，但至少此后那些天没再敢造次，都老老实实背起了背篓和大家一起采茶去了。

青春是人生的躁动期，在校园里待久了，又没有什么文娱活动，我们常常蠢蠢欲动，盼望着去野外撒欢。洪老师看出了我们这点儿心事，便在五四青年节那天，带领我们远足，登上了城郊那座著名的湖山，搞了一次团日活动。山青树翠，草绿花红，居高望远，家乡美景尽收眼底，同学们兴奋地大呼小叫。先期加入团组织的几位同学站在青松翠柏之间，迎着扑面的春风，面对鲜红的团旗宣誓，那一刻，让我们这些还没入团的同学都感到了青春的热血在沸腾！到了暑假，他又把我们带到他曾经插队的村里，帮助乡亲们割稻、插秧，体验农活的艰苦。一周多的日子里，没有照本宣科的人生教诲，却让每一个人都感受到了劳动的艰辛与快乐。

学习的事，洪老师尽职尽责、诲人不倦；生活的事，洪老师也鼎力相助、乐伸援手，只要是学生的事甚至学生家里的事，找到他，再大的困难，他都会想办法帮助解决。有个同学家境艰难，初三毕业时便萌生下乡插队、自食其力的念头。但他的身体条件并不好，真的到了农村也干不了重活，在靠挣工分糊口的乡下，他的美好愿望很可能就会化为泡影。此时，还有一个选择是下放到国营林场做农工，也属于知识青年上山下乡，不同的是，这个下乡不需要拼命挣工分，而是每个月有固定的工资，虽则区区十多元，但在当时也足以使其衣食无忧了。可问题是，这样一份含金量极高的美差，不是每个人都有福享受的，即使是够上了政策条件，也还得看你有没有门路去表达诉求。抱着几分期盼，那个同学和家长来找洪老师想办法。洪老师二话没说，出面找到有关部门，并动用了所能用的各种关系，据理力争，最终帮助那个同学顺利插到了林场。在我们毕业之后，还有一些同学在就业等方面得到过他的关照。他帮学生办事，直来直去，不讲大道理，“学生的事我当然要管”，找到

关系，也只是说“这是我学生的事，你要帮忙”，一句话便让对方不好意思拒绝，合情合规地帮着把事办了。

1977年，洪老师带着我们这个班升入了高中，高考也在这一年的冬天恢复了，除了上山下乡、参军、待业，我们的人生之路又多了一个选项。可此前的七八年时光里，玩的比学的多，我们在学业上没能打下扎实的基础，对考大学心里没底，不少人干脆就打消了参加高考的念头。对这个事实，洪老师心知肚明，但却没有完全放弃，他根据每个同学的具体情况，给大家出主意。当时一个有利的条件是，为和全国中小学统一学制，全省中小学在这一年改过去的春季升学为秋季升学，这样，我们就有了多读半年的机会。洪老师鼓励大家紧紧抓住这一天赐良机，补缺补差，突击成绩，和我们一起攻关。文科、理科，大学、中专，为大家分类确定目标，针对同学的弱项，出面约请各科老师给大家“开小灶”。一时间大家信心爆棚，有几个同学就是在这一番突击中拉升了成绩，幸运地考上了不同的院校。

回想起来，我也属此番突击的受益者。此前多少年里，我的语文成

绩一直很好，从小学到高中，都是担任班级的学习委员、语文课代表。但是，数理化是我的弱项，所以，我也就打定了考文科的主意，练写作、背历史。此时洪老师却出人意料地要我担任班级数学课代表，不仅同学们感到诧异，我自己也是一头雾水不理解。洪老师对我说："你语文没问题，历史、政治、地理多背背也过得去。但数学不行，补不上去会给你拉后腿，所以你要在数学上多下功夫。让你当数学课代表就是要强化你的数学成绩。高考时你数学能考五十分，就笃定能上重点大学。"当数学课代表是动力和压力，而更大的动力则是他课上课下对我数学的辅导和强化，大量的试题练习，解题技巧的研磨，一段时间里，我都感觉到自己是一个要考理科的学生。后来的考试结果，证明了他的远见，我刚好把数学考出了五十分，这在文科学生中不是最高分，但也是相当好的成绩了，于是我也就如愿地进入了心仪的大学。

当几届高中毕业班的班主任，把一批批学生送进大学校园也许并不是值得炫耀的成就，作为毕业班的老师，这是他们的应尽职责。但是，洪老师的特别之处在于能够发现学生的内在能量，让这能量去创造奇迹。

恢复高考的最初两年，竞争之惨烈，过来人都记忆犹新。功底深厚的"老三届"和成绩优秀的应届生同场比拼，谁也不敢说胜券在握。而一个仍在读高一的学生能杀入这场角逐并胜出，更是当时人们想都不敢想的一件事。可洪老师还就是把我的一位同学从高一送进了大学——而且是全国重点大学的工科。

这位同学是高一开学时从乡镇中学转入我们班的，文静得像个女生。每次考试，不管哪门课，他都是稳稳的第一，满分对他是常态，甚至填补了我们班语文无人能得满分的空白，一时间被大家惊呼为“神童”“天才”。

虽然有这样扎实的成绩，但让他从高一跳级和师兄们一起参加高考，在学校里还是有很多不同意见。有的校领导认为让他读完高中再考，肯定能上中国科大一类的重点大学，而提前一年考，入学是没问题，但可能上不了重点。我们几个要好的同学也觉得他等到读完高二再考把握更大一点。就他本人来说，心里也很纠结，提前考上了当然好，万一考不好，就可能给下一年再考试留下阴影。而洪老师却认为，以他的成绩，没有必要再在中学耽误一年，早一年考，就早一年成才。洪老师坚定地动员他跳级考试，帮他制订复习迎考方案，并安排他进了理科重点班，还向学校打包票，一定能考进重点大学。事实证明洪老师的决定是正确的。1978 年的夏天，这位同学不负众望，提前一年以优异的成绩考进了省内最好的全国重点大学理工科。

这件事至今仍在全县传为美谈，如今远在德国的这位同学也一直是家乡年轻人励志的榜样，几成传说和神话。诚然，他的成功首先是自身天资过人，功底扎实，但洪老师的鼓励、决断无疑是起了关键作用的。正是他的慧眼仁心才缔造出了这一神话。

三年前的那个夏天，在纪念我们中学毕业 36 年的聚会上，全班同学给步入古稀之年的洪老师送上了由衷的敬意和感激。在我们之后，他又带出了好几届的学生，堪称是桃李满天下了。都说人生得一知己足矣，我要说人生遇一良师大幸！

慧眼仁心，师者大德。

同学何德保

从小学到中学，我有过六七个名叫“德保”的同学，其中同班时间最长的是一位何德保同学。岁月流逝，世事变迁，三十多年后的今天，其他“德保”们早已不知去向，唯有这个仍在家乡的“何德保”和同学们还没断了联络，时常引发对往昔岁月的回忆，从中体味同学的情谊和人生的滋味。

在同学们眼里，这个何德保简直就是一个神人。他会木工，能打整套的家具；懂瓦工，会垒灶砌墙，俨然一个能工巧匠；还会写小说，曾是县里小有名气的文学青年；善饮重情，把酒言欢可以通宵达旦，恰似一位才子豪杰。

还是在小学五年级时，一条和德保有关的消息让我们在震惊之余，对他增加了几分钦佩。消息说他正读初中的哥哥在写长篇小说，并且是同时开写两部！在把作家看作是“神”的那个年代，何家兄长的这一举动不亚于放了一个原子弹，在整个校园乃至县城里引起了巨大的震荡。因为心里也有着一个作家梦，德保和我的关系又一直很密切，所以，我就时不时地向他打听何兄的创作情况，更想让他把哥哥的手稿偷出来让我学习学习。德保没有做到。一是因为他哥哥视自己的作品如生命，在未成稿出版之前，秘不示人；二是似乎德保也有着自己的小九九，不愿让我偷学到他哥哥的才华。但作为好朋友，他还是把那两部正在孕育中的作品的名字和大致的故事梗概告诉了我。此后多年，我一直惦记着这两部何氏作品，隐约也听说过有出版社让何家兄长修改过几次。岂料世事变迁，各种原因叠加，使得这两部作品始终没能面世。

何家兄长的作品虽然命运坎坷，但对德保却产生了关乎一生的影响。几乎是在同一时间里，德保也迷上了文学，课余时间，不再和我们打闹玩耍，总是一个人在班上或校外的僻静处静静地读书，还时不时在作业本上默默地写着一些文字。

高中一年级时，德保告诉我说他准备退学了。想想一个从小到大在一起读书的好伙伴突然要离开校园，不能再朝夕相处，我们都有些不舍，几个好伙伴纷纷劝他不要退学。多种原因，德保最终还是退学到县酒厂当了一名学徒工。这样一来，我们平时见的也就少了，偶尔在街头遇到，见他手里总是卷着一本书或杂志，匆匆地和我们打个招呼，又匆匆地继续他的行程。只有到了春节放假，时间宽裕一些，我们才能在一起聚聚，话题少不了他哥哥的小说，也问问他自己的工作和写作情况。

我考上大学去学校报到前，德保和几个同学一起来送行，言谈中流露出羡慕。我宽慰他，要不是早早地退学，你也能考上。不过也没关系，写小说也不一定非得上大学中文系。高尔基、高玉宝这些作家不就是榜样吗？对我的这番安慰，德保倒是很认同，还给我开了一份书单，托我去了成都帮他留意在小县城里难得一见的中外文学名著。此后几年，我也帮他买过《茨威格小说选》等几本书，算是没有辜负他的重托。

每次假期回乡，我和另一个同学吴海龙总要首先去看看德保，他也很高兴我能去看他。二十世纪八十年代中期，他结婚后住到了酒厂在青弋江西岸湖山脚下太子泉畔的厂区里，酒库的楼上一间四五十平方米左右的屋子成了他的家。屋里家具不多，一看便知是他自己亲手设计打造，既时尚又实用。除了一张小方桌、几把折叠椅，最醒目的就是两只几乎抵到天花板的大书柜，满满的都是书，有中外名著，也有当时流行的《希望》《上海文学》《小说月报》《小小说》等多种文学期刊。从窗户望出去，可见四季青葱的湖山，安静下来，可听到潺潺的泉流。闲看茂林修竹，渴饮佳酿名泉，我笑说他过上了“明月一壶酒，清风万卷书”的隐士般的日子，他也很得意，同时很兴奋地对我们讲他的创作，给我们看他发表在报刊上的作品，虽然篇幅长短不一，但在他已然都是沉甸甸的收获。

与谈论文学创作相伴而行的，就是喝酒。在酒厂上班，又住在酒库的楼上，自然不会缺酒。下酒菜我们又不十分讲究，家里有啥，让他夫人做熟了我们就吃。有时是两三个碗碟，有时是三荤四素，还有几次赶上年底，他们已准备回娘家过年，家里菜肴库存有限，我们就炭火风炉，煮上一锅腌菜豆腐，扔进几块咸肉，在腾腾热气中边喝边聊，大有“神仙也不过如此”的惬意。也就是从那时起，德保的酒量一年比一年大，而且是每喝必高，要在我们再三的劝阻下才会停杯。能喝酒才有灵感，有灵感才能当作家。端起杯子，德保总这样说，并且确切地指证哪篇作品是源于他喝酒时获得的灵感。如此铁证面前，我们对他关于酒与文学的论断也就深信不疑了。

在灵感论的指引下，酒成了德保的最爱。除了在家里喝、和同学朋友喝，平时口袋里也总揣着一瓶酒，另一只口袋里揣着几粒花生米，得空便抿一口酒，嚼一粒花生。同学中还流传着关于德保和酒的几个故事。他曾在晚上拉着一个朋友到西郊的陵园，在草坪上席地而坐，喝酒讲故事；也曾为了舀酒，失足跌进尚有余酒的酒池，干脆喝足了才爬出来。女同学便笑他为“酒鬼”“酒虫”，男生则唤他为“酒仙”“酒神”。而我则知道，他这是在不断地寻找文学的灵感。

喝酒给德保带来了创作的灵感，喝酒也让德保吃到了苦头。有年腊月二十九，我和吴海龙在傍晚时分赶到了德保那儿。此时，他的夫人已带着孩子先回娘家准备过年去了，只留下他一人在厂里值班。山里平时人就少，过年放假的几天，更是寂静得只有风声和间或从大山深处传来的野兽嘶嚎。我们的到来让德保很是开心，搬出一桶酒，找出了家里所有能下酒的菜，我们就喝开了。从我的毕业分配到他的小说创作，从县里的笔友逸事，到文坛名人的奇闻，海阔天空，喝着聊着直到半夜。德保在兴奋中喝得眼神迷离，我和海龙也感觉有了几分醉意，便封杯撤桌，不再继续。我们要他一同进城回老娘家过年，他却执意不肯。出于对他安全的考虑，我们便和他约法三章：关门睡觉，不得下山，天亮回城。

他爽快地答应了。

谁知德保居然没有遵守约定！在我们走后不多久，他便一个人踉踉跄跄地骑着自行车往城里赶。不料小路崎岖，天黑人乏，半道上竟一头扎进了路边菜地废弃的沤肥池里，脑袋在池边的大石块上磕出了一道深且长的口子。疼痛和惊吓让他彻底清醒了，挣扎着爬起来，跌跌撞撞走了几十米，敲开了路边一户人家的门。也巧，那家人正认识他，见他满脸血淋淋的样子，惊吓之余，迅速把他送到县医院，脑袋上被缝了六七针后留院观察了三四天。海龙得知情况后，每天去医院看望，却没有将实情告诉我。同学聚会时问起德保，他推说这家伙回乡下看望丈母娘了，大家也就信以为真了。直到我假期结束返回单位后，他才写信告诉我这一险情，并说，德保和他老娘一再嘱咐要瞒着我，说我难得回家一趟，大过年的，不要让我为这事担心自责而过不好年。

得知真情，我觉得十分歉疚，当即买了些营养品寄给了德保。他则回信“骂”我小题大做，大惊小怪，并说小伤小痛不碍喝酒。再到假期重聚，德保仍豪情万丈，推杯换盏之间，向同学们绘声绘色地描述那一晚惊险的一幕，像是讲述他作品中人物的故事一般。

那些年，德保在文学创作的路上勤奋地努力着，陆续在省内外报刊上发表了一些散文、小小说，还时不时地赴省内外参加各种笔会，领取各色荣誉证书，并和县里一群文学爱好者成立了“桃花潭文学社”，定期组织创作交流、采风活动，给我寄文学社油印的作品集。品读之后，我觉得这里面只有德保的文笔最好。我因此满心期待着“同学何德保”

能成为“作家何德保”。

我北漂到离家乡更远的城市以后，回乡的次数少了，与德保及同学相聚的次数也就少了。乡情乡愁、同学友情，大多是通过书信交流。不知从哪年开始，彼此的联系逐渐少了下来，我心里想，也许是德保的创作更加勤奋了，没有空闲再来叙旧聊天了，便盼望着突然有一天他会拿出一部让我们震惊的大作品。

然而，后来其他同学陆续传来的关于德保的一些消息却让我感到意外。德保并没有在文学创作的道路上持续地走下去，多年的狂热追求，买书、喝酒、创作，不仅占去了他大量的时间，也耗去了本来就不多的收入。家里的日子越过越不易，劝说、争吵，结果和夫人以离婚画上句号。屋漏更遭连夜雨，紧接着，酒厂也倒闭了，他成了下岗工人。原先吃喝起居家务有夫人包办，创作笔会喝酒有厂里支持，如今，这一切都化为泡影。孩子要养，生活要继续，创作的所得又远不足以支撑这一切开销，物质的卵石击碎了精神的鸡蛋，德保只好放弃了文学梦、作家梦，仗着木工、瓦工手艺，干起了家装行当，再后来重组新家，家里家外，忙得没时间和同学们联系了。

小说不写了，酒却没有断，不同的是，从那时起，喝酒对于德保而言，不再是文学灵感的催化剂，而成了他排遣压力、消解苦闷的麻醉品。常言道，闷酒伤身，从愉快地喝酒到压抑地喝酒，大量的酒精和艰辛的劳作耗损了德保的身心。在经历一次大的手术后，才彻底戒了酒，同学聚会的场合也更少见他的身影了。

德保的状态让我在意外之余多了一份牵挂。两年前，老同学举行中学毕业纪念活动，我一再提醒别忘了通知德保。报到那天，我早早地在宾馆门前等着他的到来。中午时分，一辆挂有“门窗修理、装修装潢”广告的电动三轮车嘣嘣响地开到了我的面前，在我正对此车好奇之时，从车上下来一个人大声地招呼着我，定睛一看，正是何德保！多年未见，原本个子就不高的他，显得更加瘦小和单薄，这一刻，让我体会到了岁月的无情……

聚会的那几天里，德保不再像以前那样谈笑风生，变得沉默寡言。提起过去的经历和文学热情，他只淡淡一笑，仿佛是和他无关的一些事。对当下的生活状态，既没有抱怨，也少有叹惜，显得从容而平静。有时我在想，如果德保能够将文学创作坚持下来，或许他会成为一个真正的作家。如果没有家庭的变故，他不会压抑地去喝酒，酒仍然会是他灵感的源泉，转化为一篇篇灵气十足的文字。但是，生活中没有如果和或许，当下的日子虽不是最初的人生蓝图，但既是已成的现实，就要坦然去面对。当我们这一代人已不再年轻时，再高谈阔论理想、追求已然是奢望，能像德保这样的平静而从容，也许正是生活和生命的本义。

相信有如此的心态，每个人包括离开了文学的德保们都会在岁月中收获满足和快乐，虽然这个满足和快乐有时是那样的弱小，却是一丝丝的光亮，照着脚下漫漫的生活之路。

杨奶奶的“非传奇”人生

在很多老街坊的眼里，无儿无女的杨奶奶曾经是一个谜一样的存在，同在一条街上住了几十年，大家对于她的了解似乎并不多。汇集起点滴的印象，我隐约觉得她的一生是有些故事的，但这些故事离传奇又似乎有些距离，姑且就称之为“非传奇”吧。在她过世多年后的今天，也许很少有人会再想起这样一位孤独的老人。然而，她在我的记忆中却始终没有走远，个中缘由在于她老人家“非传奇”的一生刻印着一个时代的烙印。

我们当年住的那条街位于青弋江东岸，曾经是县城的主要街道，鹅卵石铺就的路面中间嵌着长长一溜儿平坦的长方形青石板。路两旁是几十幢两层的白墙灰瓦的徽派建筑，有些曾是前店后厂的商铺，二十世纪五十年代开始，公私合营改造，商铺关张，原先商家们独自使用的楼房，也都由房管局接管统一出租给人们居住，楼下用作起居，楼上堆放柴草及杂物。

半个世纪前，我们成了这条街的街坊邻居。杨奶奶就住在我家隔壁的一所有前后两间大屋的宅子里，前面一间是裁缝吴大伯一家四口，稍小些的后一间便是杨奶奶的家，没有窗户，推门进去，黑乎乎的，大白天也得点灯才看得清屋里的陈设。那时她也就五十多岁的年纪吧，放在今天，这个年纪的妇女大多数还是精力旺盛，工作、生活都是正得劲儿、正给力的状态。但那时的她已是头发花白，眼神还不好，又是一双小脚，在我的眼中，真正就是一位奶奶辈的人了。尽管我们都知道，她实际上比我们的父母大不了几岁，但还是都叫她“杨奶奶”。

杨奶奶不是本地土生土长的人。十多年里，我们从未见过她有亲人来探望过，无论春夏秋冬，都只见她一人进进出出。她也没有正式的工作单位，以替服装厂锁扣眼为业。所谓“锁扣眼”，是服装的最后一道工序，服装厂做好的衣服，扣眼只是用剪刀铰出一个口，整件衣服成型后，需要用针线将开口处的布料毛边一针一线地封好，才算完事。这个活儿十分细致，特别伤眼睛，杨奶奶的视力不好，想必是和这职业有关。那时整体的生活水平低，杨奶奶缝一件衣服的扣眼，大概能得到两三毛钱的工资，一个月也大约有十几元左右的收入，一个人生活，也算过得去了。

独自一人生活时间长了，杨奶奶的性格难免有些异于常人，习惯于独来独往，和邻居们交流得不多，偶尔也会因一些琐事和邻居们争执几句，但过后也就风平浪静，彼此都没往心里去。街坊们的大事小情，她都会关注并力所能及地参与，婚丧嫁娶，该随份子她也都不落下；对满街横冲直撞、打闹戏耍的孩子们，也会善意地呵斥几声调教训导。街坊对她也少不了关心，逢年过节，总会嘱咐孩子第一个去看望她。端午裹了粽子、春节蒸了年糕，邻居也会想着给她送去点。她也会在家里摆上三盘四碟，盛些瓜子、糕点，招待串门的大人、孩子。

虽然她和其他街坊交流不多，却爱上我家来，和我父母聊天闲谈。夏天，她会在晚饭后，一手摇着一把大蒲扇，一手攥着一条擦汗的小毛巾；冬天，会将两手袖在身前，挂一只装有炭火的小手炉暖手，慢悠悠地走进我家，随便找个凳子坐下来。父亲会给她倒杯水，她也不喝，只是摇着扇子或手搭在小火炉盖上，东一句西一句地聊起来，大体都是一些市井闲话，想到哪儿聊到哪儿，看见什么聊什么。有时看我们在写作业，就聊起学生读书的事；有时我们还未吃完饭，便就着饭桌上的饭菜聊起菜价、行情，一句长一句短，也能聊上几个钟头，然后就慢悠悠地回家去了。

那阵子，街道居委会组织业余文化活动，几个爱唱爱跳的中青年妇女，便成立了一个“剧团”——其实就是定点定时在屋子比较大的张家厅堂里排排《打猪草》之类的黄梅戏小段、演唱一些流行的革命歌曲。张家的房子挨着我家后院，剧团开唱，我们就都做了免票听众。锣鼓一响，“呀吱咿嚯嗨”的唱腔传过来，杨奶奶便会暂停聊天，凝神听上一段，有时会点点头，有时又会摇摇头。偶尔会听她说起：“我们老头子那时的班子，真有几个好角儿，到好几个县里唱过。这个小毛喉咙亮，唱得蛮有味道，金花也还好。黄梅戏，还要是严凤英、王少舫的好。”她说的“小毛”“金花”都是《打猪草》剧里的角色。我们本以为她会接着评说下去，可她却就此打住，一句“现在县剧团的也赶不上，没剩几个角了”就算结束了话题。

将杨奶奶和大人们的聊天片段衔接在一起，她的过往就有了个大致的脉络。她是九华山一带人，年轻时曾是一个黄梅戏戏班班主的夫人，跟着戏班子走南闯北，也是见了不少的世面。后来，时事变迁，戏班子散了，班主不知所终，她才在我老家的县城落下脚。不知是哪年，又和县宣纸厂的一个老工人重组了家庭。双方膝下都无子女，纸厂又在离县城几十里的乡下，所以我们也从未见过她的那个后老伴。知道了这些，我才明白：敢情老人家经历不凡，也算有过“锦衣玉食”的岁月，难怪虽然是孤身一人，生活也不富裕，可从未从她的脸上看到过憔悴和世俗的气息，发髻总是梳得整整齐齐，衣服虽不新，也总是板板正正，冬天系着的围裙、戴着的套袖，也是清爽干净，日子料理得丝毫不显邋遢和马虎，还多少透着一种冷傲。我的一位乡下姨妈曾在她家借宿过一晚，第二天怎么也不愿意去了。母亲问她为啥？她说老太太太爱干净，规矩太多，在她家手脚都不知怎么放。

有一年五一节过后，她来我家聊天，不一会儿，话题便转到了茶叶上来。我们这才知道，因为眼神越来越不好，手脚也不像以前那样灵巧，服装厂便不再找她锁扣眼了。她没有了固定的收入，老伴那边也没多少工资，似乎也管不了她，生活就变得拮据起来，于是就想等天气暖和了，去街上摆个茶摊。那时，街上茶摊一杯茶一分钱，好茶泡的也才两分钱一杯，一天能卖出多少钱呢？她说，别的也没办法，只有这个小本生意还能做的了，买把水壶，搬把椅子、小桌子就行，总比闲着等死强。但平时她自己很少喝茶，家里备点茶叶，也就是在春节有人上门拜年时用来招待，弄不清哪些茶物美价廉，想让我父亲帮拿个主意。

夏天到来之后，我上学放学，总能在县城的十字街头看见她一个人守着一只小方桌，桌上放一只大瓷茶壶，旁边扣着十只玻璃杯，一只红色的暖水瓶放在脚边，就那样等着人来买茶喝。可来来往往的行人，很少有停下来买茶的，有次出于好意，我拉着一个同学走过去要买她两杯茶，她给我们倒了两杯茶，却怎么也不肯收钱。我和同学扔下五分硬币便跑开了。等晚上回家，她又上门来把五分钱还给了我。还说："杨奶奶怎么能收你的钱？嘴巴干了就来喝吧。"她哪里知道我的用意呢？白喝她的茶，我也于心不忍，那以后我干脆绕道而行，不让她看见我们了。

别人摆茶摊，都会有个帮手，至少也会有个小车把茶具装上推着走，省力省事，而这两样，杨奶奶都做不到。每次看她出门，都是一手提着装有茶壶、茶杯的竹篮，一手拎着一只可折叠的小板凳，一瘸一拐地走着，赶巧了我们就上前帮她一把，但赶上上学时间紧，帮不上忙，也只能由着她慢慢自己走了。好在她茶摊的旁边是一家国营旅社，经理也是街坊，看她一个人每天要扛着桌椅板凳很辛苦，就行了个方便，让她在每天收市后将那张小桌存在店内，免得搬来搬去。傍晚，我们吃完饭，在街上守了一整天的她才一步一挪地收摊回来。有几次她回来得晚，大人便让我们给她送点吃的过去，老太太总是再三道谢，吃完后还要把碗洗干净，亲自送回来，再聊点白天卖茶水时的所见所闻。

那年，杨奶奶的后老伴去世了，不知什么原因，厂里没有及时给未亡人的她兑现有关政策。她便收了茶摊，只身一人去厂里说理，来来回回几次，总不见成效，每次回来，都会上我家来对我父母倒一倒苦水，动情之处也曾几次声泪俱下。有天黄昏，她一脸疲惫地走进我家，连声说差点倒在外头了，亏了有解放军啊。细说之下，才得知是这次去厂里问题还是没解决，又急又气，在回城的路上，晕倒在路旁，幸而有辆军车路过，将她捎到了城里。诉说中她流露出对解放军的百般感激之情，由衷地说："真是好在解放军啊，要不是我就死在路上了。"

又过了些日子，宣纸厂派人来看望了杨奶奶，也把政策做了落实，算是给了她基本的生活保障，杨奶奶也就宽心了许多，专注于每天早出晚归，肩扛手提她那几件家什，到十字街头去摆茶摊去了。有次赶上下大暴雨，天气转凉，买茶喝的人寥寥无几，一天也才卖出两杯茶水，自然连本钱也没收回来，老人气得三天没再出摊。再后来，好像是市场管理部门不让随便摆摊了，还抄收过几次她的茶具。但毕竟县城不大，人也不多，都是低头不见抬头见的熟人，抄过之后，第二天也就都如数奉还给她了，只是她的糊口营生也就彻底断了。

再后来，我家搬离了那条老街，大学期间，逢春节我曾回过几次，都会上她那儿看看，给她拜个年。日见苍老的她总会拉着我的手问寒问暖，也聊些往事。几年后，听说她过世了，街坊们帮着料理了后事，让她走得平静而安详。

如今，当年我们和杨奶奶一起生活过的那条老街早已荡然无存，曾经的石板小路也都变成了水泥大道，老屋的原址上建起了时尚的民居楼，可平日里都是家家闭户，屋屋关门，楼上楼下很少像当年街坊们那样走动串门，过往的人和事在岁月的变迁中了无痕迹。每次回乡，我都会去那里走走看看，既是回味那曾经的岁月，也是凭吊杨奶奶等那些故去的老街坊们。没有理由否认，这些曾经的人和事、那段并不亮丽但却充实的日子，都是漫长岁月中不可忽略的一页。时常翻读这一页，会让你对生活、对世道人心增添一份理解，对人与人之间应有的关爱和相助增添一份向往。

吴奶奶的革命生涯

这一个夜晚属于四十多年前的一个深秋。

天黑得早，一场小雨稍歇，气温陡然凉了下来。晚饭后街坊们都闲在家里，听听收音机，做做针线活儿，很少有人再出来串门。我和弟弟妹妹们也围坐在昏黄的灯下，一笔一画地写着作业。

街道居委会居民小组组长，也是我们继红向阳院红哨兵中队的辅导员吴奶奶，就是在这个时候来到了我家。和我父母打了个招呼后，老太太给我使了个眼色，我便心领神会地合上书本，跟着她出了门。

一老一少，一前一后，到了她的家——也是继红向阳院平时开会的那个厅屋里。向阳院是当时全省各地设立的街道治理组织，也可算是居

委会的别称。在做好街道居民管理服务的同时，还有一个功能就是把辖区内的中小学生组织起来，编为红哨兵，便于开展校外思想政治教育，并协助居委会做一些服务工作。以街区划片，居委会层面设向阳院红哨兵大队，居民小组则设向阳院红哨兵中队。吴奶奶和我们同在一个有十多户街坊组成的居民小组，相应地成立了红哨兵中队，我们这些中学生平时是她老人家做街道工作的小助手，通知居民开会、组织街坊下乡支农，很多时候她都会把我们叫上。

此刻，一定是有重大情况需要我们行动了。不出所料，吴奶奶轻声告诉我："刚才有人来报告，小木匠又在赌博，我已派人去派出所报案，但是怕他们晓得了会跑掉，你和我一起去看守，等民警来。"吴奶奶说的那个小木匠经常和人打麻将、推牌九，街坊邻居多次好意劝说，但他还是外甥打灯笼——照舅（旧），这次又干这事。我听了也很气愤，红哨兵的责任感、使命感让我顿时有了战斗的精神。

我问要不要再叫上几个红哨兵，吴奶奶说不要，人多了会暴露，我们俩去就行。我随着她悄悄走进酱坊仓库的院子里，吴奶奶指着不远处的一面墙对我说：“你看，就在那里。”这个院子的四周都是街坊住家的后墙，我顺着她手指的方向看去，那面墙上的一扇窗户紧闭着，透过窗玻璃，隐约可以看见昏黄的灯光下，有四个人抽着烟围坐在一张方桌前，聚精会神地打着麻将。

穿过一排排晒酱的大缸，我们蹑手蹑脚地走到那扇窗下，我个子小，到了窗下就只能看见灯光，看不见里面的人。吴奶奶扶着我站到了窗下的两只大缸上，屋里的情形便一览无余了：四个人中有一个正是那个把街坊好意当耳旁风的小木匠，另外三个人没有见过。每个人的面前都放着几张面额不等的钞票，灯光昏暗，烟雾缭绕。也许他们是怕邻居们发现，都是轻声细语地出着牌，赢了的也是憋着欣喜，无声地咧咧嘴满足一下。

他们太专注了，根本没发现已埋伏在窗外的吴奶奶和我。

站在缸沿上眼看着他们胡完了两把，我有点累了，便从缸上跳下来，伏下身子把观察到的情况汇报给了吴奶奶。她轻叹一口气说：“真是不学好啊。怎么讲都不改，非要抓到派出所才觉悟。你不要暴露，一定要盯到派出所的人来抓现行。”我点点头，扛着这份使命又站到了缸沿上。

大约过了半个小时，正当我累得想再下来歇会儿时，终于听见了一阵敲门声！正打着麻将的几个人大惊失色，赶忙将桌上的钱和牌拨拉进抽屉，再去开了门。

派出所的民警一个箭步冲进室内，厉声责问：“你们在干么事（干什么）？又在赌吧？”那个胖胖的小木匠满脸堆笑地说：“没有没有，我们在刮蛋（聊天），哪个赌了？”见他这般抵赖，我顿时怒火满腔，狠狠地敲了几下窗户玻璃，义正词严地呵斥：“你们就在赌！我都看见了，你们把钱和牌收到抽屉里了！”我这一声喊，把屋里的几个人吓了一跳，扭过头才发现我正站在窗外盯着他们。民警说：“你看，红哨兵亲眼所见，你们还要赖？老实点，把钱和赌具交出来吧。”几个人无奈地拉开抽屉，交出了钱和麻将牌，被民警带出了门。

我和吴奶奶绕过院子，在大街上迎上了他们。吴奶奶对着垂头丧气的小木匠说：“平时说你不当回事，非要民警抓了才行。看以后你还赌不赌。”那几个人一脸悔恨。这次的抓现行让这个小木匠彻底戒掉了赌瘾，日常再见到吴奶奶总是谦恭地感谢老人家帮了他悬崖勒马——这是后话了。

目送民警把他们带往派出所，抓赌的革命行动圆满完成。我搀扶着吴奶奶走在回家的路上，虽然寒意渐浓，我们的心头却感到热乎乎的。

这只是吴奶奶革命生涯的一个片段。

在那个革命热情高涨的年代，像吴奶奶这样的老人有很多，她们慈善纯朴，在街坊中德高望重，深受大家爱戴和尊重。身为街道干部，她们任劳任怨、兢兢业业地忙着看似琐碎却又是街坊日常生活里不可缺少的事务，防火、防盗保平安，调解邻里矛盾，组织社会活动，在她们心中，这就是组织上交给的一份革命工作。

吴奶奶对不良风气坚决斗争，只讲原则不讲情面，但对街坊四邻却有着春天般的温暖。据我的了解，当时做街道工作，除了大的居委会正式工作人员有工资可拿，像吴奶奶这样的居民小组组长似乎纯粹是尽义务。她们为街坊们忙里忙外，完全凭的是自己的觉悟和对邻里的情感，有时还要贴电费、茶水费——每次开居民会议，都是在她家的厅堂里，一只一百瓦的灯泡要亮上两个小时，实在是要交电费的，还要来给开会的街坊预备茶水，这不都要钱吗？可和大多数人家一样，吴奶奶家也不富裕，只有她老伴吴大爷在蔬菜公司不多的薪水。即使这样付出，也免不了吃力不讨好，因管事太细而被街坊误解、抱怨，惹得吴大爷生气，有几次不让老太太再干这差事，也曾把前去开会的人轰出家门。

外表看上去柔弱的吴奶奶，这个时候也不急不恼，静坐在一边，等老头子发完脾气，便把手里的竹烟袋和点火的纸媒子递过去。老头子气哼哼地接过来，吹了几口，媒子也不见着火。吴奶奶还是不声不响地又拿过来，轻轻一口气吹出，手里的细长纸媒腾地蹿出一根火苗，再凑到老头子手里的烟袋锅前，点燃了里面的黄烟。老头子狠吸几口，再慢悠悠地吐出来，不满也在享受中消失了。吴奶奶这时才慢悠悠地说：“我是组长，不来这里开会，到哪儿去开？开会总是要商量事情，左右隔壁，说几句就说几句吧，还值得发火？要让街道上批评我这个组长你就开心了？”老头子只顾吸烟，不再有话。吴奶奶便踱着小脚，挨家挨户地去把没开成的会要说的事逐一做了安排。等回家，老头子已靠在床头听收音机了，一杯热茶搁在桌上，偶尔还会有块点心，算是对吴奶奶工作的支持和肯定。等再有会议，老人家又是忙前忙后，为大家端茶倒水。街坊们都说：吴奶奶能为街坊们做这么多服务工作，她老头子是幕后英雄。

一条街上住着百十户人家，五行八作，啥职业的都有；老实倔强，啥脾气的人都不缺。要把这样一个环境维护得风平浪静、祥和安稳，也是需要花费心思的。特别是到了寒暑假，孩子们不上学了，又没有其他什么娱乐，整天打打闹闹、惹事闯祸，成了大人们的心病。把这群调皮捣蛋的小把戏管服帖了，便成为吴奶奶的一件大事，或者说是她这段时间里最重要的革命工作。成立向阳院，让孩子们成为红哨兵，使假期活动组织化、规范化，也算是给了她老人家一个好帮手。身为居民小组组长，她自然就是红哨兵中队的辅导员，和蔼细心的帮教，让大人们省了不少心。

吴奶奶不仅带着红哨兵监督坏人坏事，也带着大家做好人好事。那年唐山大地震后，人们谈震色变，防震意识也空前增强。吴奶奶遵照上级指示，几乎每天都要挨家挨户打招呼，让备齐手电、干粮，带着红哨兵发放防震、抗震宣传单，以防不测。还为杨奶奶等孤寡老人、烈军属家里挑水、劈柴、打扫卫生，等等，三五个红哨兵分工协作，井井有条，三下五除二地便完成了任务。居民小组开学习会，吴奶奶自己文化不高，便安排红哨兵给街坊们读书、读报。每个学期，她都会以居委会的名义，给学校发感谢信，红哨兵们在学校里得到表扬，自豪感油然而生。

那个时候我们家乡种双季水稻，立秋之前是乡下最忙的“双抢”季节，要抢在立秋之前把成熟的早稻收割完，再把秋季稻种到田里才不耽误下一个收成。农活一忙起来，人手就显得吃紧，街道居委会便组织居民下乡帮助农民抢种抢收。吴奶奶一家一户落实支农人员，有的人家确实抽不出人来，吴奶奶一一做好登记，而补充人员不足的一个办法就是找放假在家的孩子们。小学生太小，中学生便成了很好的劳力。当然，孩子的帮忙也不是无偿的，派不出人手的人家会付一块钱的代工费，交给吴奶奶，再由吴奶奶付给替工的孩子们，算是勤工俭学的收入。

一块钱在那时还是很管用的，既能学农支农，又能有所收益，孩子们当然都争着抢着要去。但吴奶奶却心中有数，她不会在一个假期里安排同一个孩子多次参加这样的活动，而是统筹每一个有意愿的孩子，让大家轮流去，拿现在的话说，就是给大家机会均等。这样的安排让大家都无怨言，愉快地完成了支农任务。

按干部级别来认定，吴奶奶无疑连最小的股长也算不上，但她觉得再小的事，也要有人做；街坊的需要，就是革命工作。而在街坊们的眼里，吴奶奶就是一个可敬可爱的革命老人。邻里之间，少不了磕磕碰碰，闹点小意见，相持不下总要找吴奶奶裁决。别看老人家文化不高，也讲不出多少大道理，但她一出面，晓之以理，动之以情，便能化解矛盾。现在想来，那些年里，街道民风淳朴、邻里互敬互爱，吴奶奶这样的革命老人功不可没。春风化雨，润物无声，她们的革命生涯里没立下惊世骇俗的伟业，也没有感天动地的事迹，但她们做过的点点滴滴都深深刻在街坊们的记忆里，融入一个时代的画卷中，让人缅怀、追思。也许，这就是革命工作应有的回报吧。

茶香葛河口

每到春茶飘香的季节，我的思绪便不由自主地回到了故乡，回到了那一座座云缠雾绕、流青滴翠的茶山！四十多年前去葛河口采茶的情景又一幕幕清晰地浮现在眼前。

学农劳动是那个时代中小学生的必修课，而在我们皖南山区，春季上山采茶、夏季下乡“双抢”可谓是每个学年中的两场重头戏，大家打起背包上山下乡，和乡亲们同吃同住同劳动，亲身体验了农活的艰辛，更收获了劳动的快乐，丰富了人生的阅历。

葛河口当年是南容公社管辖的一个生产队，位于离县城约五十公里的群山深处，因一条葛河而得名。这里山高沟深，水清林茂，连绵起伏

的大小山头上，满是茶园。长年云雾缠绕，出产的茶叶在方圆百里都很有名气。1977 年春天我们班一行四十余名同学第一次来到了这里，置身于茶香、花香之中，大家都不约而同地喜欢上了这片山清水秀的土地，喜欢上了那条清澈见底的葛河，从那天起，它就穿越了时空，昼夜不息地流淌在我们的记忆深处。

队里把村口河边新建的一排平房给我们当了宿营地。把头上一间当作食堂，挨着食堂下来两间屋子和我们的教室大小相当，分别做了男生、女生宿舍。说是宿舍，里面只有用砖块、木板在地面上搭起的一圈地铺，上面铺着一层层厚厚的稻草。同学们两人一组，将随身带来的被褥铺盖上去，便成了一张绵软舒适的床。初春的山里，整日笼罩着氤氲的水汽，这排房子又紧临葛河，屋子里的湿气就更重了，但随着我们的到来，青春的朝气很快就将这湿气驱散了，整个屋子也显得温暖了许多。依山傍水而居，我们有了一种闯入了世外桃源般的兴奋。

每天夜晚，我们伴着葛河的潺潺流水入眠；每天清晨，我们在鸟鸣的欢唱中醒来。葛河就是我们天然的盥洗室，清凉的河水、湿润的山风抖擞了大家的精神。

春天的茶乡，一派蓬勃的生机，花香、草香、茶香随风飘散，连绵的群山满目苍翠。雾，缠在山腰；云，戴在山顶；云雾缭绕，草木葱茏，真如同仙境一般。同学中间，除了有两三个来自农村，以前帮家里采过茶之外，大多数都是家住县城，平时难得下乡，来茶乡则更是头一回，对山里的一草一木都充满新鲜感、好奇感，感觉眼前处处都是美景。

队里给我们每个人发了一只大竹篓，用一根粗麻绳拴上斜挎在腰间，还给每人配了根竹棍。因为茶山蛇、虫较多，而且大多是蜷缩在茶树根、茶树丛里，采茶前必须用这根棍敲一敲、打一打，把隐藏的蛇、虫惊跑才安全，否则就会遭到它们的攻击，而这攻击往往都是致命的！所幸采茶期间，我们没有遇上这样的险情。

虽然事先说好，这次“学农”是有偿的，同学们采的茶叶生产队会统一收纳，每天过秤计账，活动结束后再结算付钱。但是大多数同学以此来挣钱的意识并不强烈，来看山看水看风景的心态更重，所以，采起茶来也不是十分的专心和卖力。女生们关注的是树丛草丛间的山花、野果，男生们总想能找到合适的树枝、藤条打造练武术拳脚的家什，说是采茶，倒更像是在游山玩水、观光采风。第一个半天下来，除了一两个同学采了大约半篓茶叶之外，其他人的篓子里只有零星的一些叶子，连篓底都没盖住。此后的情况也基本是如此，没有显示出生产上的战斗力。

白天采下的鲜茶，无论多少，晚饭前都要统一交到队部过秤，由队里安排茶农摊晾、炒制。一间大屋里，一字排开几十只直径一米多的大篾栲，每一只栲里都摊开着青翠鲜嫩的茶叶。屋子的另一边，垒着几座土灶，灶上安着一口大铁锅，几个制茶师傅在锅里一把把地翻炒着茶叶。几番“抓、翻、抖、撒、捻”，原本青青的鲜叶在他们的手下失去了水分，再摊到竹笼上拿去烘焙。满屋的茶香和着果木炭火的味道让这山乡的春夜洋溢出温馨的气息。比起采茶，我和同学们更愿意在这样的环境里亲历一片片成品茶叶的诞生，借机贪婪地吸吮着茶香，也跃跃欲试地不时在锅里捣鼓几下，便满手都是茶香了，像是把春天抓在了手心里。

炒茶是茶农的一份生计，断然是不会让我们毛手毛脚地添乱。我们一方面很识趣地玩一把就住手，一方面却也不甘心，没放弃亲自操练操练的念头。经过一番观摩，大致了解了茶叶的炒制方法后，几个同学每天都偷偷留一些鲜叶，晚饭后到厨房里试着炒作。虽然手艺不精，火候也把握不好，但好歹能把鲜叶炒成干茶，搁在搪瓷茶缸里，开水一泡，见叶片舒展沉浮，清香升腾，含一口细细品味，就有了几分得意和满足。

在山上采茶的同学把劳动当娱乐，看花看草得着几分悠闲，但在食堂当炊事员的几个同学却一直都很辛苦。开始几天我们去的茶园离住处不远，中午还可以回住处吃饭休息。两天后，近处的茶采完了，要去更远的茶园，中午来回一趟很耽误时间，老师便让他们把饭送到采茶现场。山里的路曲曲弯弯、跨沟过河、穿林迈坎的，空着两手走起来还算轻松，可要挑着几十斤重的担子，走在湿滑的山路上就有点吃力了。那几个同学尽管身体强壮，送饭途中也免不了滑倒或被路旁的各种杂树枝丫划破手脚和衣衫，他们却从不叫苦叫累。

有一天，午饭时间到了，却迟迟不见他们的身影，大家一面担心他们是不是在路上遇到了不测，一面忍着饥饿继续采茶，心里都是七上八下的不安稳。直到下午两点多了，他们才出现在那条弯弯的小路上，边走边向大家道歉，搁下担子后才解释了迟到的原因。原来，三位炊事员中有两位一大早去了镇上采购蔬菜等物资，返回的途中感到有些疲惫，便坐到路旁的一棵大树下休息。可没曾想两个人靠着大树迷迷糊糊地睡着了，等睁眼一看，已经是十一点半了。紧赶慢赶，午后一点半才回到住处。幸亏留守的那位同学机灵，久未等到他们买回来的菜，便在房前屋后挖了些竹笋、掐了些蕨菜，对付着做了这顿午餐。

听了他们的叙述，大家十分感动。给我们带队的村干部在夸赞之余担心地说："好险啊，这段时间河里经常突然涨水，你们几个在河边要是真的睡着了，还是有些危险的呢。"听他这么一说我们也替他们捏了一把汗！这顿饭虽然晚了点，但却是大家吃得最香的一顿饭，嚼着新鲜的竹笋，似乎把春天都吃了进去。

春天的山里天气多变，几乎是天天有雨。但农时不等人，雨如果不是太大，我们会披上塑料雨衣上山采茶；雨下得太大时，我们便只能在宿舍里打打牌、看看书，或者帮着厨房干点活儿，女同学们就唱唱歌自娱自乐。几个平时习武的同学，在这个时候总会到门前屋檐下的空地上露上一手，走一套小洪拳的套路，围观的女生一鼓掌一叫好，他们就更来劲。带队的村干部当过兵，会几手擒拿格斗的技巧，这时候也来凑凑热闹，比画几下，把气氛搞得十分热烈。

天气好的时候，晚饭后天还没全黑，四周的山看上去更加巍峨挺拔，葛河的水潺潺地流着，晚风把山上的树木吹得一阵阵作响，空气清新，静中有动，动中有静，让人心旷神怡。同学们或三五结伴沿着山路溜达，或在河里洗洗衣服，女生情不自禁地唱起当年最流行的苏联歌曲《三套车》，我们听了常常会从心底涌起一股说不清的感动，眼窝也会悄悄地湿润起来。

第一次的采茶活动历时两周，最后总结，采得最多的同学挣到了十多元工钱，几乎相当于一个学徒工的月工资了，而我只得到了一块六毛钱。当然大家都不在意于收入的多少，而是把它作为了一次劳动锻炼和开眼界见世面的机会。离开的时候，大家都有些不舍，那位村干部随车把我们送到了镇上才分手，热情地邀我们来年再来。

这一邀还就真的成行了，第二年几乎是同样的时间，我们又来到了葛河口。故地重游，住的还是那两间屋子，还是那位村干部负责带我们采茶，山里的一草一木、葛河的一片片浪花，都是久别的老朋友，在我们眼里格外亲切。有了上一年的磨合，这次再来，无论是上山采茶，还是到山间溜达，我们都熟门熟路。也许是为了让我们有新鲜感，抑或是村里有更周全的安排，这一次我们所去的山头是上一年所没去过的。而正是这一改变，让我在这里留下了一段至今仍被同学们津津乐道的故事——其实，是一场小小的“事故”。

那天一大早，村干部把我们带到一座山下，指着半耸入云的山峰告诉我们，此山名叫“滚篓山”。看到我们一头雾水，便对我们说起它名字的来历。原来此山山势较陡，每年都有茶农采茶采到山顶后，一不小心将拴在腰间的茶篓碰掉到地上，茶篓就毫不客气地顺着山坡一个劲地咕噜到山脚下，满满一篓茶叶就一路撒作了一行绿色的曲线，茶农算是白忙活一天！在大家的哄笑声中，他不忘提醒大家注意安全，千万不要滚篓，大家也就多了几分谨慎，采茶的过程就越发的小心翼翼。

谁知偏偏就出了意外，而且这意外还就发生在了我的身上。大半天的采摘、攀登之后，我们有惊无险地到达了山顶，每个人随身的竹篓里都装满了绿油油的鲜茶。回望山下，真正体会到了此山的险峻。正当大家觉得可以松一口气，为没有滚篓而庆幸时，我腰间拴竹篓的绳束却不知什么原因突然断了，没等我伸手抓住竹篓，它就像烈马脱缰一样，以迅雷不及掩耳之势突破一切阻拦，打着滚儿、蹦蹦跳跳地直向山下冲去！所经之处，撒满了我的劳动成果，散散落落的鲜茶叶，恰似一条绿色的虚线……

这一段尴尬的经历，让这座山，也让葛河口在我们心中留下了更为深刻的记忆。

此时此刻，在这样一个不同寻常的春天里，远在北方的我仿佛又闻到了滚篓山的茶香，听到了葛河的欢唱。想回去，却因为疫情的影响而又一次无法成行，只能把这份心愿寄托于下一个春天，盼着到那时再去喝一口葛河甘甜的河水，看一看那一片青幽的茶山！

洗心亭记

这亭子不像醉翁亭那样名闻天下，更缺少沉香亭香艳的传奇色彩，它只是矗立在我家乡那个皖南山城中的一座极为普通的重檐八角亭，普通到连它的建造年代似乎都没有十分准确的史料记载，只是坊间传说它初建于元朝某年。我没有查找过有关资料，也没有兴趣当一个考古学者，去探究它的来龙去脉。只晓得它是个有些年头的古董建筑，从我记事时起，就矗立在那里——位于县城北面的一口四四方方的水塘边，那时人们都叫它凉亭子。

水塘在夏天的时候开满了荷花，所以人们就称其为荷花塘。粉红的荷花、翠绿的荷叶，加上这座凉亭子，使得这一片地界成为县里的一大风景名胜。少年时代没见过外面的世界，心中一直以家乡能有这么一处风景而自豪，并固执地认为，有了这一塘一亭，家乡才显得更美。

实在说来，县城在很长的时间里，确实也没有其他更为出色或更能让人流连的景点了。青弋江伴城而过，蜿蜒如练，水清鱼跃，自然是天然的美景，但到夏季发起洪水来那摧枯拉朽般的阵势总会在人们心头留下一些阴影。站在西门口的城墙之上，能够远眺巍然耸立、苍翠连绵的湖山和水西二塔，让人油然而生心旷神怡的快感，但它们又毕竟远在郊外，去到那儿还得过大桥、穿山路，在缺少便捷交通工具的当年，它们便只能是我们眼中的风景、心中的胜地，无法随意地与之“耳鬓厮磨”。

只有这亭子、这荷塘，是县城里南街北街、西门东门的人们随时能够亲近和欣赏的，用家乡话说，它是“抬腿就能到”的一处佳境。全城上下、方圆数十里，也只有这么个亭子，所以，只要一说是去了凉亭子，就知道是到这儿赏荷花、看风景了。

虽然不知道亭子的确切生日，但它那饱经风霜的面容无言地证明了自己有着悠久的历史、丰富的阅历。在它周边原本还是有几处文物古建的，比如城隍庙、夫子庙，但先后被改作了县黄梅剧团的排练场、县政府的办公楼，与后建的县委大院隔着荷花塘遥遥相对，多少年来，唯一没有变化的就是这个亭子和这口水塘了。有很长一个时期，亭子的南北分别是县委和县政府的办公楼，东边是供县里召开各种大会及黄梅剧团演戏的大会堂，加上东南角上的县广播站，这里就成了全县的政治、文化中心，一时盛况让原本孤寂的亭子与荷塘也有了几分热度。

真正知道亭子的大名“洗心亭”是后来的事了。提到洗心这两个字，就无法不让人想起洗心革面这个成语。是不是当初人们建造这个亭子时就有这层含意？抑或是后人为了寄托某种愿景，表达某种祈望而作的演绎？我不得而知，但长久以来这里确实是人们散心闲逛的好去处，而这放松心情的过程，也可算是一种洗心悟道之举吧。有意无意间，这洗心二字似乎就成了一种暗示，时刻提醒着人们谨慎修为，保持心灵的纯洁。久而久之，这亭子就超出了单纯物质的存在而升华为人们精神的一个寄托，给人带来一份慰藉。

在曾经的艰难岁月里，人们似乎也没有多少闲情逸致要来这儿抒发，这亭子便似一位阅尽岁月风霜的老人，自在自得地矗立在那儿，不声不响地装点着岁月。无惊无宠，经风受雨，默默地迎接着日升月落、花开花谢，陪伴着夏荷冬雪。

少年时见到的洗心亭虽未破败，但也如风烛残年般了，廊柱油漆斑驳，顶上的瓦缝间零星地长着些不知名的小草。抬眼望，二楼离地面约有三四米高，一个方形的口子，似乎提醒人们这里原是有楼梯可以登上去的，而我却从未见过。有胆大的小伙伴抱着柱子手脚并用登山一般爬上去，东张西望一番再勇敢地一跃而下，然后一阵炫耀，说是在上面看到了不一样的风景与更加奇美的雕梁画栋。我们听了心生羡慕，越发地好奇，但缺乏登高望远的胆量与魄力，只能故作无视那层空间的存在，从容地在一层的廊柱之间、石砌的方形平台上玩耍。累了烦了便打道回府，顺手扯一把亭子外面的小草或野花，揪下花瓣草叶扔进塘里，引得几尾小鱼争抢不休。

洗心亭里虽说没有发生过什么惊艳动人的传奇与故事，但它也曾目睹了人世间的喜剧与闹剧，记录了岁月的点滴花絮。在我的记忆中就有两件往事至今没有淡去。

一是当年曾有位街坊大哥从部队复员回来，已是谈婚论嫁的年纪，家里人开始张罗给他介绍女朋友，我们也见过他带着女友在街上闲逛，都以为很快将会吃到他的喜糖。可突然有一天听说他被派出所带走了，街坊传说竟然是他在某天夜里，带着女朋友攀上了凉亭子的二层，在那上面卿卿我我，不料被人发现抓了个现行，差点当作流氓犯关起来。我们佩服他真会找地方，想想全城境内，也只有这凉亭子算是有点浪漫优雅色彩的场地了，在这儿谈恋爱确是有些诗情画意。不过，我们更佩服这位兄长的是，他不仅自己攀上了那高高的二楼，还将女友也弄了上去，这得有多大的本事，难道是在部队学了飞檐走壁之功？那之后我一直想找个机会问问这位大哥，他会的是什么功夫，能不能教教我，让我也能轻松地攀上去换个视角看看周围的风景？可始终没能如愿。后来那条老街拆了，西门口的街坊们也四散了，而能够为热恋中的情侣做一时的庇护，也算是亭子意外的价值了。

二是在二十世纪六十年代末一个闷热的夏日午后，正值派性斗争如火如荼，县里的两派组织也时常擦枪走火，斗得不可开交。生产生活陷入无序，“革命造反”轰轰烈烈，我等少年儿郎无所事事，整日闲游瞎逛。一天午后我和几个小伙伴在荷花塘边挥着柳条棍棒，你追我赶地打仗。跑得累了，便从荷塘里摘来几个莲蓬，躲进凉亭里一粒一粒地品尝清香的莲子。这时，一个身体强壮的小伙子带风带火地走了进来，手里拿着一只尺把长窄窄的皮鞘，到了我们跟前，他突然从皮鞘里抽出一把寒光闪闪的匕首，惊出我们一身冷汗！他却轻描淡写地说道，看见了吗？这就是我们战斗的武器！后来的事就和全国各地一样的节奏了，

“文革”前前后后持续了十年之久，如今那个小伙子也不知去向。若他能从那场争斗中全身而退，会不会再来这里，坐一坐，想一想，悟一悟这洗心二字？

曾经在某年，出于增加景观、美化环境的好意，县里在荷塘中间用水泥垒了一座音乐喷泉，遇节日喜庆之时，便水花喷溅、音乐响起，煞是热闹。然而没过几年，这喷泉就寿终正寝了。不协调、不美观自是缘由之一，而更重要的原因我以为还是在于这里的一塘、一亭早已成为历史留存的标配一般的人文风景，犹如一幅已然精美的图画，任何的添枝加叶都会带来一种对美的伤害，根本无法共存共荣。

城市建设大踏步地行进着，进入二十一世纪以后，洗心亭周边环境发生了巨大的变化。县委、县政府先后迁去了政务新区，两幢印刻着特定时代痕迹的大楼也早已消失，与亭子相伴的只剩下西边的县宾馆——曾经是全县最高建筑的它当之无愧地成为文物般的存在。四周的空旷让亭子更加突出和醒目了。阳光里英姿勃发，傲然耸立；星空下流光溢彩，玲珑俊俏，亭子竟显得有些豪华和灿烂了。

从早到晚，总有人来这儿观光休闲。盛夏时节，水塘里会散散落落地开一些荷花，丽日蓝天，池上水中，亭子与红花翠叶相映衬，双双地显出几分婀娜。早晚吹拉弹唱的自娱自乐，四季谈古论今的七嘴八舌，让亭子与荷塘不再孤单寂寞。更多的时候，老人们在这里静坐，不声不响，抚今追昔回味着岁月的滋味；孩子们来这儿嬉戏，无忧无虑，欢声笑语刻画了成长的轨迹。虽没有人特意来这儿做洗心革面的功课，但能让心灵得到一时片刻的平静与安适，也正应了洗心的寓意吧。

这些年走南奔北，也见过无数的天下名亭，但洗心亭仍然在心中占据着首位。这不仅是因为它是家乡的历史文化遗存，是我有生以来见到的第一座亭子，更是由于洗心二字给我留下了深刻的印记，带给我丰富的联想。它与明镜似的水塘相伴，如同让我们在停一停的同时，以水为镜，给自己整容理装，洗心明志，重新出发。

追根溯源，在中国传统文化中，亭子无论从实用功能还是审美功能来说，都具有让人“停一停”的含意。而最初的亭子或建在长路侧畔，或依山傍水，其实就是让行路人歇脚休憩，顺便观光看景的场所。每一座亭子也都在提醒着行人：路是走不完的，适当地停一停、歇一歇，看一看、想一想，是为了更好地往前走，走得更远，走得更稳健。“何处是归程？长亭更短亭”，这句诗中，李白既是在感叹人生路漫漫的艰辛，也是对长路中能有一座座亭子带来片刻的休整，做一番回顾与思考而欣慰。于是，在我看来，天下所有有名或无名的亭子，便都有了洗心的警示意义。

一任斜阳伴客愁

岁月之痕说沧桑

岁月留下的一切印记都是有价值的。这些印记，有的刻录在人的内心深处，是人们对曾经的欢乐和痛苦留下的回忆，无论何时，这回忆一旦开启，都会引发情感和心灵的震荡；有的是过往的人、事在岁月时空中留下的痕迹，它可能是一座雄伟的建筑，可能是一道深深的车辙，可能是一座荒凉的废墟，也可能是一片被人遗忘的空旷，记录的是过往的繁华和苦乐。它们都是悠悠岁月走过的痕迹。今天或者未来，人们面对这些岁月之痕，总会生发出无穷的思绪。

经历不同、认知有别的人对于岁月的记忆也是千差万别的，即使是面对共见的岁月之痕，思想的波澜也会翻卷出形态各异的浪花。面对北京故宫、西安城墙，有的人会惊叹建筑的壮美，有的人会体悟到皇家的威严；置身苏州庭院、杭州西湖，有的人会沉醉于江南的秀美，有的人会生发五彩的憧憬。看风景，探古迹，人们从岁月之痕中品读世事沧桑；寻根本，访源头，人们从岁月之痕上破译文化密码。在看惯了八方名胜之后，近些年来人们关注的目光开始转向那些偏于一隅，至今似乎仍在历史中沉睡，未被现代文明惊扰的所在，去抚摸那一道道原始的岁月之痕，静听它数说它所阅历过的风俗人情、喜怒哀乐。

丙申春节期间，我与几个老同学一起，驱车前往家乡皖南泾县的两座古镇——赤滩、马头游览。这两个古镇相邻仅 7.5 公里，均是沿青弋江而建，至今已历经数百年风雨，是家乡仅存的十余座古镇的代表。仅从名字上就不难看出它们曾经的地位和作用，解读出它们曾经的热闹和繁华。“滩”乃临水之地。在汽车、火车等现代交通工具普及之前的许多年里，大批量的物资运输主要依靠的是河运（水运），因而，临水而又有滩的小镇，自然就有了不同于其他地方的热闹。“马头”其实原本就叫“码头”，其作用、价值更是不言而喻的，之所以后来丢掉了“石”的偏旁只留下右边的“马”字，也无言地道出在岁月的演进中，它与生俱来的作用的退化。据史料记载，这两个古镇都曾是当地水陆交通的重要枢纽，尤其是马头，曾经是青弋江上三大码头之一，迎送过沿江而下的无数船队，小镇也就成为各路客商的云集、交流之地，在明清两代享有盛誉，之后逐渐衰落。到了二十世纪六十年代末期，公路、铁路运输的强盛压倒了延续千百年的水运，滩头、码头的价值无奈地退去，小镇的经济也日渐颓败，从此褪下华彩的衣衫，陷入长久的寂寞，几近被人遗忘。今天在这两个地方驻足，我们眼前更多的是披挂着岁月风尘的斑驳和荒芜，只能在脑海里还原曾经的帆影憧憧、人来人往了。

两座古镇中的赤滩，几年前被几位有识之士做过整修、改造，在保留古迹的同时，形成了一个完整的、富含地域文化特色的民俗旅游格局。

每逢节假日，就有四面八方的游人来这里寻古怀旧，使得小镇又有了略微的喧嚣和繁荣。镇上数十座建造于明清时期，至今仍保存完好的房屋，掸去尘埃，素面净颜，默默地矗立在朝晖和夕阳之中，以自己饱经风霜的容颜迎送着南来北往的游人，与斑驳的雕梁画栋、残缺的院墙屋瓦一起，无言地数说这里曾经的繁华。

赤滩小镇的整体格局其实和江南大多数的古镇并无不同。街道以宽约五六米的幅度蜿蜒伸展，两旁是户户相依的砖木结构两层小楼，徽派的建筑风格中又多少带了点江浙文化的韵味。走进这座古镇，首先吸引我的是它以大大小小的鹅卵石为主构成的路面。细而观之，可见在两侧的鹅卵石的拱卫之下，一块块一米多长、四十多厘米宽的青石板置于路面中心，尤为显眼。这样的设计，为当时主要的陆上货物运输工具——独轮车的行驶提供了专属的便利，类似于今天的“机动车道”。虽然历经数年，这些青石早已残缺不全，仅留下的几块也已高低错落不平，但其中心部位的一道道印记——其实就是一道道或深或浅的车辙触动了我。这是怎样的印记呢？可以想见，要在坚硬的石块上镌刻下这样的印记，非数年而不可得，非重压而不可得。看着这些车辙，我的眼前浮现出这样的画面：一支推着独轮车的队伍，将河边码头上卸下的物资从这里运往城里、乡下。这支队伍，长年累月行进在这条小道上，日复一日，年复一年，车轮在青石铺就的道路上从容不迫地碾过，木制的车轮在重负之下和与地面石块的摩擦中，不时发出吱吱的声响，与小镇居民的言谈笑语一起，交汇成了小镇日常生活的旋律。随着这些小车而来的，自然不仅是油盐酱醋、米面布匹，更有异地的风花雪月、人情世故，在小镇上激荡起生活的涟漪。而今，小镇衰落，小车远去，只留下这深深的车辙，让人们缅怀那个远去的岁月，敬仰那些为这里带来生活欢愉的普通而又平凡的推车人，想象着他们演绎的种种故事。

车辙深深，仿佛述说着商贾穿梭、物流畅通的昔日景象。再看那些铺满地面的大大小小的鹅卵石，有的半埋进地里，有的碎成了几块，虽早已没有曾经的平坦和整齐，也仿佛在展示当年的人丁兴旺、日子红火。南来北往，买卖谋生，人们的脚步或匆匆，或悠闲。卵石似有口，向我们诉说小镇的人间烟火；卵石似有灵，向我们披露小镇的风情爱恨。一辙一石，一砖一瓦，蕴含的是岁月的风尘，传递的是历史的信息。

相比赤滩，马头古镇则更加富有原生态的情调，因为没有像前者那样做过统一的修缮，所以整个小镇表面上显得更加荒凉和颓败，也就留下了更为真实、久远的岁月印记。放眼望去，小镇的规模似乎要大于赤滩，在这里，除了同样可以看见明清时期的民宅深院、卵石小道之外，另一种岁月的独特印记也在不经意间抓住了我的目光：一幢高大的民宅墙面上，清晰地布满了人的手掌印。这些手印，或深或浅，或大或小，在午后的阳光下散发出谜一般的诱惑。同伴们对此也感到十分好奇，各自猜测着这些手印的由来和含义，而我则想起了儿时的一段经历。当年，家乡还没有进入大规模的改造，在小城的深巷或城郊仍散落着一些古旧的建筑，少有人居住，有的成了工厂的仓库，有的废弃许久，成为孩童嬉耍的场所。有一天我和十余个少年同伴寻到一座废弃的老宅，在里面玩起了捉迷藏、抓特务的游戏。藏身之时，我发现老宅的墙上布满了大大小小的手印，或深或浅，有的还隐约可见掌心的纹路，在暗淡的光线下不禁显得有几分恐怖。大点的同伴趁机恶作剧地说这些都是鬼留下的手印，这是一个有鬼的老屋！吓得我们一哄而散，仓皇逃离，从此不敢在这样的地方玩耍。

后来从大人们那里才得到一种解释：这些手印其实是当年制砖的匠人们有意无意间留下的印记。在没有发明机器制砖的年代，匠人们要用手将黏土揉熟，摔、捏成一块块的方形砖坯，再送去土窑里烧制，正常情况下，成型的砖坯需要用竹片等辅助工具最后抹平，这样烧出来的砖块便外表平坦、棱角分明。但也许是砖的用量大了，等不及这最后的精雕细刻，在匠人们摔捏出砖坯之后，就立即送进了窑中，匠人们的手印就连同砖坯一起，永远定格了下来。当然，也不排除类似今天广告宣传的考虑，一些手艺高超的匠人，会在出自他们之手的砖坯上有意留下自己的掌印，像是用一枚独有的商标来证明产品的质量。

此后多年，随着旧城改造的加速，老旧房屋被大批地拆毁，钢筋水泥替代了砖瓦木梁，再也难得见到这样蕴藏着故事的墙砖了。这次意外的发现让我有了一种故人重逢般的惊喜。看见这些手印，我感觉是在读一本岁月的日记，这或许是一个砖匠之家老少的集体制作，当带着他们手温的一块块砖坯在炽热的炉膛里烧制成型时，他们看到了劳动的收获，也就有了生活的希望。

这所房屋最早的建造者和居住者今天已无法知晓，或许当年他们在建造时并没有更多的联想，只是为一家人建一个遮风挡雨的住所；也或许当时他们会为这砖块上的手印而不满；又也许这房屋最初的主人正是这批砖块的制作者，在光洁、规整的墙砖售罄后，自己留下了这一批看似出格的砖块，建起了这座房屋。他们根本不会想到，在许多年以后，这些砖块会成为手工劳作的活化石，给人们异彩纷呈的联想，让人们由此而去追溯和体味劳作的艰辛。

在曾经的皇城都市，我们能看见一座座富丽堂皇的宫殿楼宇，那似是当年皇族达官们有意留给今天的印记，目的是要让后世永续他们的福祉，永记他们开创的繁华。这些或许代表了一个时代的正面文化风貌和上层的生活情趣，但历史、文化的构成是多层次和多方面的，宫殿楼宇是时代的记录，赤滩、马头这些偏居一隅的遗存，无疑也是岁月的旅痕。如果说那些至今仍金碧辉煌的印记是以高大上的姿态记录了时代，那么，散落在民间乡野的一砖一瓦、一辙一石就是以碎片的形式保留了历史，在同一个时代的阳光下闪烁着它们独有的神秘亮色、沧桑底蕴。大有大的宏伟，小有小的风采，都在诉说着历史的变幻、岁月的沧桑，特别是在见多了对名胜遗存千篇一律的解读之后，这些碎片蕴藏的人文内涵更有了独特的价值，更值得珍惜。我想，这也就是当今的人们更爱去寻访民间文化遗迹的缘由之一吧。

岁月之痕深深浅浅，世事沧桑点点滴滴，在现实中和历史对话，我们就会有更多的收获。

故乡青山入梦来

故乡多山，全县境内，仅有名有姓的山峰就有一百多座，是名副其实的山城。这些山不如太行、五岭那般的苍劲雄奇，最高的不过千米开外，低的只在百米左右，属于黄山、九华山余脉的它们，透出的是十足的灵秀和青葱。故乡小城依山傍水，母亲河青弋江沿城而过，养育百姓；四周青山连绵起伏，似一道绿色的屏障，守土安民。千百年来山水相映，春风秋雨，人们在此安居乐业，繁衍生息。

在故乡，我度过了童年和少年时代。这里的每一座青山、每一条溪流，都印刻在我生命的记忆中，走到哪里，梦里总会有故乡青山的容颜、溪流的倩影。

故乡的山四季苍翠如黛，常年色彩斑斓。花草树木、飞禽走兽，因山而生机勃发，山也因它们而灵动俊秀。在这片连绵的青山中，我较为熟悉的是位于县城周边的那几座。比如城北近郊隔青弋江相望的狮子山和象山，一东一西，守护着县城的北大门。早年，它们目送帆影客船、商贾文人沿青弋江南上北下；后来沿江修了公路，江上少了舟迹桨声，它们便在汽车喇叭声的此起彼伏里为过往的人们默默地祝福。

关于这两座山，还有一个风云诡谲、惊心动魄的传说。在很古老的年代，青弋江两岸各有一头雄狮和一头巨象占地为王，为争夺青弋江的饮水而常常发生争斗。两强相遇，总会卷起飞沙走石、血雨腥风，百姓饱受其害。人间疾苦惊动了上天，玉皇大帝龙颜大怒，特指派一位仙人下凡，施以魔法，将狮、象这两个胡作非为的家伙点化成两座山峰，静静地待在了原地，只留下狮、象的外形，而没了狮、象的好斗之勇。从此，故乡风调雨顺，一条大河静静流淌，满目青山郁郁葱葱。这一狮一象两座山峰，也成了县城的自然地标。因地处要津，行路至此的故乡人，总会情不自禁地向它们投以深情的一望。离乡远行时知道，走过这里，便是和家乡渐行渐远，心中就多了一分思念和牵挂；游子归来时知道，看见它们，就是回到了亲人的怀抱，心中就有了一份温暖和甜蜜。

两山之中，又名军幕山的象山离县城稍近些，和我所就读的那所小学相邻，得此便利，学校有很多课外文体活动都在这里举行。五年级时，学校举行了一次登山夺旗比赛，事先在山顶上树起了几面红旗，全校学生按年级分组登山，最先夺旗者胜。待校长一声令下，大伙儿如利剑出鞘，奋勇向山顶冲锋。我班的班长健壮如牛犊，迅疾如脱兔，穿越竹丛树林，一鼓作气，第一个登上山顶，把红旗夺在了手中，兴奋地挥舞着高呼："我们胜利啦！我们胜利啦！"他为班级赢得了荣誉，从此成为我们钦佩、爱戴的英雄。

在山下，我们还做过抓特务的军事游戏。事先由老师们把画有"美帝苏修”特务头像的小纸片藏在山下的树林草丛中，然后，同学们手持红缨枪四处查找，找出一张，就算是抓到了一个特务。这样的活动比起登山来要轻松许多，山上山下的转悠，也无意中增添了我们和山的感情。

遗憾的是，象山的自然生态在随后大干快上“五小工业”的年代受到了严重的破坏。周边先后建起的砖厂、纸厂，虽然给当地带来了一些经济收入，但也让这只大象蒙受了烟熏火燎的痛苦，曾经的翠竹苍松渐渐枯萎，学校的课外活动也无法再在这儿举行了。此后多年，我再也没去过。

狮子山又名响山，位于青弋江的西岸偏北，离东岸的县城就显得有点远了，并且山势也比象山险峻而且多石——这好像也符合狮子的特点：雄壮、霸气，让人不敢轻易接近，更不要说攀登上去。很长时间里，县化工厂占据了一个山洞，在里面制造开山采石的炸药。在它身旁，又有一个规模不小的造纸厂，将无数粗壮的树木经过机器破碎、高温蒸煮，化成木浆，再做成工业包装用的牛皮纸，如水泥袋等。也许是为就近取材的方便吧，随后又在这里建起了一座水泥厂。一时间，青山绿树被粉尘灰烬覆盖，空气中常年飘荡着刺鼻的气味。可想而知，这样恶劣的环境，除了工人们上班非去不可外，其他人士自然就很少光顾了，只是远远地透过尘霾，眺望狮子山的雄姿，偶尔也有人讲起关于它和象山的那个传说。

二十世纪八十年代中后期，经济结构的调整和环保意识的增强，县里类似化工厂、纸厂一类的小企业都停了产，狮子山在一段时间里更加无人光顾，显得越发落寞了。但是不久后的一天，这里又突然热闹了起来。

缘由是经过考古发掘，才知道化工厂占用的那个山洞，竟然是典型的喀斯特溶洞。一番勘察过后，又发现其实早在明代，这里就是观光游览的名胜，常有文人墨客来此探幽揽胜，相约到山顶的响山亭赋诗饮酒，吟风唱月。其中一位何姓地方大员还在山壁上题有“玉柱洞”三个颇见功力的大字。正巧，我的一个老同学受聘担任了建设工地的负责人，这就使得我有机会先睹为快，在山洞正式对外开放之前，能够走近一游。虽然对比后来去过的贵州织金洞、武隆芙蓉洞等著名景点，无论是规模还是观赏性，这个溶洞都属于小字辈，但当年走进洞内，看到各色灯光映照下千姿百态的钟乳石时，感受到的是巨大的惊奇和强烈的震撼，也为家乡有这样的美妙之地而骄傲自豪。

这几年，玉柱洞的名气越来越大，狮子山成了故乡重要的旅游观光景点之一。春季来临，山前山后数百亩油菜花灿烂盛开，黄得耀眼，与雄伟的狮子山刚柔相映、相得益彰，让人流连忘返，美不胜收。而象山周边的小工厂早已停产，山上山下又重现浓浓绿荫，松枝摇曳，竹影婆娑。

其实在我的记忆中，或者说在县城居民的心中，更为熟悉、谈论更多的还是矗立在青弋江西岸的那座湖山。不过很多年里，人们多称它为乌山或者是雾山，这个误读也许是因为它苍翠得近乎乌青，山头常年云雾缭绕的缘故吧。加之“乌”“雾”“湖”三个字读音又近似，人们也就不知不觉、将错就错地叫了它好多年。也有人曾郑重地为其正名，还就其前世今生做了科学的解释：在很久很久的远古时代，这里是一方浩渺的湖泊，后来由于剧烈的地质运动，地壳隆起，水退山成，才有了这座山，生于水中，所以叫“湖山”是准确的。也有另一种解释，说是早先在山顶上有一方清澈的湖水，唐朝时，还曾在那里修建过一座祭祀湖山神的庙宇，所以叫作湖山。只是这一湖一庙，似乎从来没有人见到过。

在县城周边，湖山算是最高也是景致最美的一座山。和它相比，狮子山显得孤独，也不够苍翠；象山显得不够伟岸，也较为平缓。唯有这座湖山，高高耸立在连绵起伏的群峰之间，宛如一名将军统率了一群勇士，镇守着县城的西门要津，形成了一种磅礴的气势。它和县城正好隔青弋江而望，在没有高楼大厦的年代，站在县城中心，就可一睹它的雄姿。每天相见，人与山日久情深，茶余饭后谈论得就多了些。山上还散落着一些自然野生的茶树，生于高山，绝无污染，嗜茶如命的故乡人对其更是追捧有加，常有人不畏山路艰险而上山采摘，因此，“湖山”和“湖山头野茶”也就成了故乡人气指数极高的品牌，至今不少人仍以能喝上湖山头野茶而自豪。

读初三那一年的五月，班主任洪老师带领我们十多位团员登上了湖山，举行了一次团日活动。为增加活动的丰富性和趣味性，一个女同学把她老爸的一杆气枪扛上了山，另一位父亲在百货公司上班的同学，还“走后门”买了两盒子弹。我们在山顶进行了一场打靶比赛，靶子上画的是“美帝”和“苏修”的两个头儿。因为子弹有限，每个人限打十发，我是头一回打枪，完全不得要领，十发子弹打光，好像只有一发打在了勃列日涅夫的脖子上，其余的都飞向了靶后的树林里。打得最好的，当然是那位带枪来的女生，我们都说她得了父亲的真传，是一个合格的女民兵。

那是我第一次登上这么高的山。站在山顶远眺，自己每天生活的小城恰似一幅淡淡的水墨画卷，沿江古老的城墙之内，一幢幢徽派风格民居，紧凑而不失玲珑，犹如连排的城堡，矗立在蓝天白云之下。阳光下，青弋江波光粼粼，不急不缓地自南往北流淌，江面上不时有竹排顺流而下，隐约还能听见放排人喊起的号子。江心洲上草青树绿，生机盎然，山上更是满目的苍松翠柏，还有无数种我叫不上名字的树木，高高低低，粗细参差。一条羊肠小道覆盖着落花衰草，蜿蜒向前，却少有人迹。风过时，松涛阵阵，绿浪逶迤，吟诵大自然的赞美诗；林深处，鸟鸣虫啾，杂花闲草，点缀仙境般的写意画。一时间我对课本里的心旷神怡一词有了真切的体会。

故乡的青山，不仅装点着故乡的景色，也养育了故乡的人民。靠山吃山，有山便是福，这连绵起伏的青山，每一座其实都是我们的食品仓库、美味天堂。西山有果，东岭产茶，竹林见笋，缓坡桑麻。一代又一代的故乡人，受惠于这些天赐的珍馐，度过了一年年平静而又温暖的时光。从小就在山里长大的孩子，山就是我们的劳动课堂、励志战场。“到山上去”几乎是我们男孩子成长的必修课。年幼时便随大人们一起上山，帮着摘果打柴，折些花花草草，也培养着对山的认知和情感。到了十二三岁，每逢假日闲暇，便约上同学、街坊一干同龄人，上东山爬西岭，犹如龙入海鸟归林，撒开欢地在林间山岗穿行。山上山下，肩挑背扛，山里的孩子就在这样的循环中长成了帅男美女。春季上山拔竹笋、掐蕨菜，秋天上山打毛栗（野生板栗，因个头小而有其名）、挖葛根。整洁的衣衫被树枝撕扯成了破布条，稚嫩的手足被荆棘刺划出道道血痕。这个过程，是劳动，也是游戏；有艰苦，更有快乐。蕨菜、竹笋成了盘中佳肴，煮熟的毛栗、葛块就成了我们随身携带的零食、点心。酸甜苦辣的果实滋润着童年的味蕾，也培育了人生的坚毅。一根扁担、一把砍刀，上山砍柴刈草；两只箩筐、一根竹耙，松下搂叶捡枝。挑下山的一捆捆柴火，点燃了家家户户一日三餐的炉膛，化作袅袅的炊烟，也温暖了静如流水的光阴，托举起生活的希望。

还有一座山名气不大，即使在故乡，也未必有多少人知晓它的所在。这座山位于县城东南部的乡下，不算太高，但地势陡峭、难以攀登，山头四季云雾缭绕、雨水充沛，正适宜茶叶生长，因此，即便在以茶闻名的故乡，这座山头的茶叶也算得上是一朵奇葩，一叶难求。山的险峻无疑给采茶人制造了麻烦，常常有茶农采到了山顶不小心将装满鲜茶的竹篓滚落山下，故此，老乡们干脆就称其为滚篓山了。其中的无奈、敬畏不言而喻。

故乡的山也并不都是充满快乐幸福的回忆，有座山就刻满了痛苦和悲愤，这就是位于县城南部二十多公里处的东流山。二十世纪四十年代初叶的那场骨肉相残、豆萁相煎的皖南事变，主战场就在这座山上。九千余名中华民族的热血儿郎，九千余名青春如花的华夏精英——新四军，在这里被国民党顽固派八万兵力包围，七天七夜的激战，最后新四军只有两千人突围，政委项英、参谋长周子昆被叛徒杀害，军长叶挺谈判被扣，酿成中华民族千百年罕见的手足相残惨剧！时在重庆的周恩来同志闻此噩耗，义愤填膺，挥笔写下了“千古奇冤，江南一叶。同室操戈，相煎何急？”的诗句，怒斥反动派的罪恶行径！东流山，从此成为一段血泪历史的见证。

岁月日常新，青山依旧在。许多年过去了，留下我们童年记忆的满目青山依然耸立在青弋江两岸，一如既往地装点着家乡的美丽，吸引着八方游人；源源不断地提供着珍奇美味，养育着故乡百姓，“清青净静、明山秀水”已成为故乡的名片。

离开故乡越久，故乡的山水在心中的印象就越发清晰。青山常入梦，慰藉游子心，有故乡的青山做伴，游子的梦自然就多了几分香甜和温馨。

你和故乡有多远?

曾经是翩翩少年，豪情万丈，你总想离开她的怀抱，带着梦想走向遥远的他乡，像一名勇士奔赴战场。“舟遥遥以轻飏，风飘飘而吹衣”，你走得是那般的潇洒自如，挥一挥衣袖，作别满目的山翠花香，走出亲人们恋恋不舍的目光。山高水长，千里万里，你不会想何时是归程，你的心思在鲜花盛开的远方。

到后来阅尽沧桑，岁月染霜，无论身在何方，你的眼前总浮现她慈祥的模样，心心念念，魂牵梦萦，渴望回到她的身旁。心思穿越时空的隧道，在往事的苍穹下找寻熟悉的风光，那些亲切的腔调常在耳畔回响，记忆中的一砖一瓦、一树一草，都让你感慨光阴的急促与漫长。

这就是你和故乡的情缘。你的人生是一部多彩的乐章，这情缘就是乐章中缠绵的旋律；你的人生是一幅绚烂的画卷，这情缘就是画卷上厚重的底色。山川不老，日月芳华，故乡是你割舍不了的牵挂。

故园他乡，来来往往，你和故乡的距离有多远，多长?

余光中说是“一枚小小的邮票”，人在千里外，鸿雁传书寄乡愁。

李白说“何处是归程？长亭更短亭”。归乡心似箭，一步一望情更切。

柳永说“不忍登高临远，望故乡渺邈，归思难收”。极目远眺千里迢迢的故乡，回家的欲望难以阻挡。

而我要说：世界上最远的距离，是你和故乡。那是你出生的地方，是你蹒跚学步，咿呀学语的课堂，是你生命的第一枚印章。当你离开她去向更广阔的远方，天南海北，关山遥遥，那方水土就成了你的故乡，和你相隔十里百里，千里万里的距离，很多时候，你只能痴痴地远望、默默地怀想。我更要说，世界上最近的距离也是你和故乡，故乡不在身旁，却是你心中百读不厌娴熟的辞章。你是一棵大树，故乡就是你的根本，有她才有你的枝繁叶茂；你是一只风筝，故乡就是那一根连着你的线绳，指引着你在和风雨的搏斗中越飞越高，有她在，即使你走得再远也不会跌倒。

每一个中国人的字典里，故乡永远是最柔情的词汇；每一个中国人的心目中，故乡永远是最温馨的乐园。走得再远，也想要回到故乡，是每一个中国人根深蒂固的情感收藏。春运的人海人潮，惊艳了世界的目光；李白的“床前明月”，照亮着游子的心房。“有钱没钱，回家过年”，朴实的话语浸透着浓郁的情愫；“人情怀旧乡，客鸟思故林”，真诚的表达饱含了深厚的眷念。依恋故土、热爱家乡，不是说你没有与外界融合的胆量，不代表你没有开拓进取的理想，而是诉说着你不忘初心、铭记来路，饮水思源、感恩重情的品德与衷肠。

时光荏苒，岁月流逝，很多的记忆都会模糊，唯有故乡的形象日久弥新；花开花落，过眼烟云，世间的万物都会衰老，唯有故乡的容颜永远年轻。儿时蹚过的那条溪流，会是你暮年时感情的河床；同学少年的点横竖撇，让你生命册页上的字迹永葆鲜亮。越老越思乡，月是故乡明，是每一个中国人共同的心绪。

每个人和故乡都有说不完的故事，每个人和故乡都有割不断的情丝。多年前，有位同事的父亲给他写信，提及要在家乡为他们几兄弟盖几间大瓦房，让他们速速寄钱回家。其时，同事和我一样，历经十多年奋斗才走出家乡，在遥远的城市读完了大学，走上工作岗位，甫履新职，收入菲薄。接到这封信，那哥们儿有点不知所措，便和我们一起商量如何给父亲回复。我们都想，费尽九牛二虎之力考进大学，就是为了能走出来，在更广阔的天地里成就一番事业，谁会重回那个山里的家乡？房子盖了给谁住呢？没过几天，这位父亲又有信来，虽没有对儿子作过多的指责和教导，但是，有句话至今让我记忆犹新。老人在信中说：“别看你们今天走得很远，在大城市工作，但总有一天你会想着要回来，也总得回来。今天盖房，就是为了将来你们回来有个落脚的地方。”父命难违，那哥们儿只好省吃俭用，定期从不多的工资中拿出一部分寄回家。

历经数月，房子在他父亲的执着中落成了。此后多年，当他每次回到故乡，住进宽敞明亮的大瓦房时，心里才彻底理解了父亲当年的良苦用心：这座房子，是联结他和故乡的一根纽带，让他对故乡的思念和向往有了依托。

当年是云无心以出岫，现如今鸟倦飞而知还。这些年来，当躲避城市的喧嚣，回家乡买房养老成为身边越来越多的人每每提及的话题时，我便不由得想起这位父亲，更加佩服他的远见，而这远见的背后无疑是他老人家对中国传统文化精神的深刻理解和把握。“树高千丈，叶落归根；人行万里，告老还乡”，流传了几千年的古训悟透了人生的真谛，跨越时空，意味深长。这位同事是幸运的，有一位洞察世事、悟透人生的父亲。而更多的人则是历经漂泊后才会醒悟：此生之痛，不是没有成大业、立大功，而是走进故乡，却没有自己立足的地方。

“看君已作无家客，犹是逢人说故乡”。当“家乡”变成“故乡”，就注定了你这一生成为了过客。为生计、为事业、为梦想，今天，你或在千里之外打拼，或在万里之遥努力，空间上，故乡和你天各一方，距离远长；感情上，你和故乡心心相印，相依相傍。身在家乡的岁月，你可能不会在意那里的一棵树、一朵花有什么特别的芬芳，你不会觉得脚下的那条小巷、那湾小溪有什么不同寻常，但离开家乡时间越久越长，这一切都在你的心里焕发出亲切的色和光，清晰得如同就在身旁。“瞻云望鸟道，对柳忆家园”，天高路远，不碍你对故乡的祝愿；柳翠草青，引发你对家园的挂念。你怀念故乡的过往，你关注故乡的现在和未来，海量的信息扑面而来，每一条关于她的片言只语，都会像一枚石子，在你的心里激荡起感情的涟漪。缱绻之恋、感恩之情，时时刻刻在你的心头涌动翻腾。你知道，这不仅是你一个人的思想，这更是中华民族千百年不变的眷念故乡、不忘初心的最高情怀。

人在世界闯荡，心在故乡安放。虽然从古至今，并不是所有的人都能在自己的晚年回归故里，叶落归根更多是一个美好的向往。不是所有的游子都能如我那个同事一样，有那样一位眼光长远的父亲为你在家乡造屋盖房。辗转漂泊，重回故乡，你也许会遇到“儿童相见不相识，笑问客从哪里来”的失落和感伤，但迎接你的更多是熟悉的目光，久别的问候，重逢的欢畅，让你蓄积的情感得以释放。那一刻，你会觉得故乡才是你永远的心灵慰藉、精神港湾。故乡的清溪在你的血液中流淌，故乡的群山守护你梦的安详。故乡有你纯真的岁月，故乡有你蹒跚的脚印；故乡收藏着你清澈的友谊，故乡镌刻着你成长的痕迹。故乡的每一寸山河都是你的依靠，故乡的每一缕春风都安抚着你的焦躁。乡情、乡音，故土、故园，故乡在你心中，这个世界就不会无视你的豪情和失败；故乡在你心中，岁月就不会总是风雨雷电、险关狭道。留在故乡的记忆总是温馨的，曾经的失落会在岁月长河里沐浴成绵醇的回忆；来自故乡的叮咛总是亲切的，乡音的节奏会在时事变迁中凝聚成前行的动力。

故乡是你的根，你可以走出故乡的山水，但你永远走不出故乡的情怀。对于故乡，你不仅要有热爱和怀念，而且还要有敬畏和敬仰，卸下功名的铠甲，洗净铅华，在故乡面前，你永远只是一个稚气未脱的少年，是一个顽皮的黄口小儿。

奔波闯荡，松弛紧张，这些年你体味过“独在异乡为异客”的孤寂感伤，有过“近乡情更怯，不敢问来人”的诚恐诚惶，更有“白日放歌须纵酒，青春作伴好还乡”的快意和豪放。说故乡，写故乡，乐此不疲，人说你在代言故乡的形象；思故乡，想故乡，心潮激荡，人夸你是热爱故乡的榜样。

人这一辈子，不走出故乡，就见不到更美的风景；人这一辈子，不回归故乡，就体会不到漂泊的艰辛。为什么在家乡时，总觉得家乡是那么的平常，蓦然回首却发现那里每一寸土地都带着刻骨的芬芳？那是因为你没尝过离别的痛苦，把外面的世界当作了向往的天堂。为什么走南闯北，阅遍万象，还是觉得最美的是你的故乡？那是因为故乡给了你最根本的力量。第一口水、第一口粮，第一次啼哭着登上人生的战场，第一眼看见明媚的阳光，都是在故乡！有道是：历经风雨，少年情缘尤珍贵；行遍天下，故乡风月最迷人。

如果说，人间真的有天堂，这天堂就是故乡。故乡不远，她永住你的心房。

故乡山水吟

故乡皖南泾县，古有“汉家旧县，江左名区”之称，乃山清水秀之地，更以特产宣纸名世，李白曾于此畅游，有诗赞曰：“泾川三百里，佳境千万曲。”

——题记

“水墨汀溪”的诗情画意

我固执地认为，只有在宣纸的故乡，才会有这一处水墨丹青般的风景；只有深切地领悟了中国文化的精髓要义，才能品味出这一幅山水画卷的天然韵味。

水是你的灵性，山是你的体魄，水墨之于你，是灵动和秀丽的最好表达。面对你，每一个人都会由衷地赞叹大自然鬼斧神工的创造和妙笔生花的点染。“水墨汀溪”，我不知道是谁第一个这样称呼你，但我坚定地认同，这是一个完美体现你独特个性的称谓。你就是一幅气韵丰厚、线条明快、色彩和谐的写意水墨画卷，你就是一首韵律和谐、节奏明快、意味隽永的抒情言志诗章，在皖南的崇山峻岭间肆意铺展，在沧桑岁月中静待知音。走近你，就领略了水墨丹青的简洁秀丽，享受到水光山色的抚爱慰藉；走近你，就聆听到江左名郡的历史回响，检阅着百草繁花的前世今生。娴静的气质，儒雅的风度，曼妙的姿容，你是山川佳丽；馥郁的茶香，婆娑的竹影，清澈的溪流，你是人间胜境。宾客从四方慕名而来，心动、神迷、沉醉；日月自长空深情普照，亲切、温暖、友好。人们来欣赏你的美丽，不经意地也装点了你的美丽，融入了你的美丽，画在山水间，人在画卷中。

山是水之伴，水为山之侣。你——千年不息的汀溪河，或不疾不缓，清流潺潺，莺语燕声，透亮豪爽；或汹涌澎湃，浊浪滔滔，猿啼虎哮，挟沙裹石。你——两岸巍巍耸立的秀峰峻岭，宛如一列列对镜梳妆的佳丽——其实你哪里又用得着打扮呢？生于斯，长于斯，历经沧桑变迁，你以水木芬芳滋养自己的容颜，用日月光华呵护自己的体魄，早已是天生丽质，婀娜多姿。山水辉映，山水相亲，便有了春天的苍翠红艳，夏日的浓荫幽深，秋来是五彩斑斓，即使在冬天，也有松、柏、竹顽强地显示着勃勃生机。天地有四季的轮回，你就有四季的风情。碧水轻吟，丽影无声，你这一幅水墨丹青，是天地协力的不朽杰作，是人神共享的温馨殿堂。春风秋阳是笔是墨，山川大地是纸是案，日月尽情挥洒，时光勾勒点染。山、水、人，融合在岁月的万里晴空之下；情、景、画，刻印在沧桑的无穷变幻之中，于是，在皖南大地，就有了你这一派“水墨汀溪”的俊俏模样，你这一幅只能用心带走的丹青画卷。走近你，人人都是杰出的画匠；走近你，人人都是画中的美丽。

你是山水，你是诗画；你是岁月，你是时光；你是人间的明珠，你是无价的宝藏，令人怀念，令人向往。

月亮湾的前世今生

我知道月亮湾不是你原姓名，你却因它红遍了大江南北，让“大坑”（当地人读作“康”音）这个乳名无奈地走进了故纸堆。细思之余，发现也只有月亮湾这三个字才真正体现了你的个性，代表了你的风格。

一湾碧水千年流淌，数座青峰百代矗立。日升月落，飒飒竹音；波静潮涌，袅袅炊烟。曾经的岁月里，与你为伴的只是几条不足两尺宽的小木桥，又何曾想到今天会有宝马、路虎在你的碧波里沐浴嬉闹？曾经的岁月里，与你厮守的只是几间土墙茅屋和屋里的愁容苦笑，又何曾想到今天会有白墙黑瓦的庄园、美味诱人的佳肴？三十多年前，一部电影《月亮湾的笑声》（续集《月亮湾的风波》）让你不经意改变了命运，从此，你由大坑村华丽转身为月亮湾，一时惊羡遐迩。我知道这看似从天而降的偶然，其实是你历经岁月风雨洗礼后收获的必然。你绰约的风姿是大自然千年的造就，更是一代代大坑人崇山敬水结出的善果。

曾经是大坑村，朴实之中，是村民们的无奈。上山伐竹，下地种菜，夏季摸鱼，冬来烧炭，一年忙到头也攒不下富裕的钱、粮，日子正如蚂蚁掉在了坑里，使尽全力也看不见外面的世界。如今叫月亮湾，盛名之下，是乡亲们的欢颜。明山秀水招引来南北游人，山珍河鲜陶醉了八方食客。清流欢唱，翠竹摇曳，老少妇孺再也不用携刀带斧、披荆斩棘地去山上找口粮，再也不用面朝黄土背朝天，弯腰弓背在地里寻生活。小河两岸，绿荫丛中，红墙黑瓦的农家乐炉火正旺、炊烟袅绕；清流之上，碧波之间，竹筏穿梭，欢声笑语的冲击波穿云破雾、直抵九霄。

“最美乡村”“生态景区”“度假胜地”，一个个光环让你声名远扬，红遍四方；“竹筏漂流”“天然绿色”“农家小院”，一个个诱惑让你魅力俱增，迎来送往。客人们兴奋地来了，乡亲们满足地笑了。曾经忧于“钱紧”，而今坐享“钱进”，昔日握锄砍柴的双手颠起了炒勺，一户户农家乐宾客盈门，年均收入一二十万！一个个庄稼汉化身能工巧匠，精雕细刻的旅游纪念品变废为宝，竹蔸树根身价倍增。土屋推倒重建，一座座小洋楼神气敞亮，旅游公司的年底分红更是花添锦上！足不离乡，人不远行，更用不着一年四季忙得脚打后脑勺，平凡的日子呈现出鲜亮的色彩，喜悦的气场。几番春风，几度骄阳，袅袅炊烟在蓝天中写下生活的篇章；一湾碧水，一抹青山，轻轻竹筏在清流上犁出银色的诗行。大坑真的是有了小康的模样！

驻足在月亮湾畔极目远望，山葱茏，水灵秀，竹似海，人陶醉，昨天的大坑村渐行渐远，今天的月亮湾且歌且舞。你从山困水锁的一筹莫展，到名扬天下的喜上眉梢，不正是“绿水青山就是金山银山”的最生动写照吗？

江心洲的浅唱低吟

多少年了？这一块滩涂静卧在青弋江中，与清流左拥右抱，亲密无间；多少年了？这一湾悠悠的青弋江缠绵在它的身旁，彼此相搀相扶，心心相印。这是江心的一片绿洲，这是刚柔相济的一幅图画。

我自小生活在青弋江的东岸，与这片江心洲隔河相望。春光明媚，和风为我捎来洲上的阵阵鸟鸣，缕缕花香；七月暑热，阳光为我展示洲上的翠绿红花，枝繁叶茂；秋风起时，江心洲以斑斓的五色向我呈现成熟丰收，果香桃甜；霜雪既降，江心洲用素洁的冷静为我演绎银装素裹，干练清高。

江心洲，是我童年记忆中的一块神秘土地，在我眼里，洲上的每一片绿叶都有故事、每一枚砂石都含传奇。要说神奇，首推西北处那一面高坡和坡上的几间茅屋。当年，每到夏季青弋江都是洪水咆哮，最凶猛时，洪水几乎要溢出河道冲进城里，江心洲大部分也被淹没在水中，只剩下这片高坡如汪洋中的一点孤岛。城里人隔河遥望，担心着那一家人的安危。可他们却似乎毫不紧张，照常进进出出，竟然还忙活着打捞顺流而下的树木及其他物品。奇怪的是，再大的洪水始终也漫不过那面高坡，人与屋均安然无恙。年复一年，水涨水落，人们便传说，那是一块有生命、有灵性的风水宝地，水涨它也长，永不会被淹没。

青葱的岁月里，七月的青弋江是一块天然的浴场，每天傍晚时分，水中便“游人如鲫”，都把自己当成了浪里白条，展臂挥手，尽享凉爽。自视水性好的小伙子们，争先恐后比赛着横渡青弋江，去和江心洲玩一把零距离的接触，也“顺手牵羊”地摘几根黄瓜、挖几块红薯，既是尝鲜，又补充了能量，满满的开心和自豪，当然也少不了夸张地炫耀，说是在洲上见到了奇花异草、珍禽神鸟。我泳技不高，不敢做横渡的壮举，也就始终没能登上江心洲一解心中的谜团。

二十多年前的一个暑假，我回乡和初中的同学相邀着绕道从另一侧的小路踏上了这块神秘的土地，揭开了它的面纱。本以为是卵石细沙、杂树间花；土坡小道、幽静安详；花红草绿，景色旖旎。然而，此时的青弋江已由当年的丰腴走向了瘦弱，不复见鱼翔浅底、碧波荡漾的美景，江心洲也变得遍体鳞伤，杂乱荒芜。芳草被粗暴地碾压，砂土被一片片地铲挖，昔日的绿洲全然成了荒滩乱坡。宁静被打破，哪儿还有故事和神话？失望之余，我和同学们乐观地畅想：总会有一天，这里能换上悦目的新装，芳草萋萋、绿洲漾漾，成为乡亲们休闲娱乐的殿堂！

神秘的土地不能永远神秘荒凉，天地的宝藏总要让人们见识欣赏。终于，期待的这一天来了！听说两年前县里制订了五大发展规划，建设江心洲公园就是其中一项重要的民生工程，市民休闲游乐公园成了江心洲新的定位。春节期间，借着回乡度假的机会，我急不可待地登上了这块离别已久的土地，领略它崭新的风姿和神采。虽然整个工程还未完成，但却已显露出一个整洁、秀丽的雏形。便捷的通道、观光的亭台、轻寒里依然苍翠的小树林，仿佛让我看到了它明天的英姿和风采，真正成为一块风水宝地！

站在初春的寒风中，我默默地对江心洲许下一个承诺：等你亮丽登场之时，我一定要来道喜祝贺。虽然我知道，那时的你也不复是当年的形象，但我相信，循着你的青枝绿叶，一路芳华，我一定能找到儿时沉迷的神话！

友情如水润人生

发源于黄山山脉西南部的青弋江自西往东，绵延数百里，在我的家乡泾县西部的陈村附近，拐了一个弯，沿着两岸嶙峋的山石，留下了一个深潭之后，又继续往东。深潭四周，遍布桃园，每到春天，这里便桃花竞放，印得天空一片粉红，此潭也就被称作桃花潭。泾县县志《桃花潭记》记载这里“层岩衍曲，回湍清深”“清泠皎洁，烟波无际”，移步皆成景，四时景宜人。这样的景色在风景绮丽的江南其实也并不少见，真正使她成为享有盛名的人文风景圣地而名扬千古的，还是因为唐朝大诗人李白的造访，特别是他的一首《赠汪伦》七言绝句，诗云：“李白乘舟将欲行，忽闻岸上踏歌声。桃花潭水深千尺，不及汪伦送我情。”短短四句，有景、有情，有动作、有心声，可谓淋漓尽致地表达了朋友之间的深厚情谊，千百年来，为世人所传诵，成为歌咏友情的千古绝唱！

从孩提时代起，我就听到过关于这首诗、关于李白和汪伦、关于桃花潭和友情的传说，虽然版本各异，但内容却大体相同。话说唐朝时的某一天，正在安徽宣州敬亭山游览的李白，接到来自宣州府辖泾县一位名叫汪伦的乡绅的亲笔信，信中说：“吾乡有十里桃花，万家酒店，先生何不来此一游？”应该说汪伦的这封信是准确地号到了老李的心脉，知道他不仅好酒，也爱如画风光。所以，便以美酒、佳境来吸引他。世上有桃花之处不少，但成连绵十里的气势，可谓不多也；酒店哪儿都有，可万家之数集于一处，也确实惊人！这两个卖点着实让李诗人心动不已！虽然他与这个汪伦并不熟识，但乐于交友、钟情山水的个性，使他没有多想，便匆匆上了一叶扁舟，溯青弋江而上，不日便到了汪伦所在的庄里。可连续几日的热情接待之后，汪伦却不急于带他去赏十里桃花，也不急于领他去万家酒店豪饮，花每日虽不少，却只见于房前屋后；酒每餐也很丰盛，但却是老汪取自家中。“十里”“万家”，这两个数字像虫子一样在李白心里蠕动着，使他坐立不安，心驰神往。忍了几日，诗人有些按捺不住，便和汪伦摊了牌：见不着这两个地方，老李就“挥手自兹去”了！此时，汪伦才不得不说出实情：所谓“十里桃花”，并非指有绵延十里的桃花，乃是离此十里外，有一风景佳境桃花潭；所谓“万家酒店”，也不是说这里有一万家酒店，乃是这庄上一户善酿的万姓人家所开酒店。汪伦不过是玩了个文字游戏而已！

试想，如果换了一个性情蛮横之人，得知这一真相，一定是火冒三丈，大有被欺骗、被玩弄之感。但诗人毕竟就是诗人，大诗人更是非同一般，既有豪放之个性，又具浪漫之情怀，不是斤斤计较的小心眼。李白听后非但没有生气，反倒让汪伦的一番解释逗得心花怒放，因为他由此看出，汪伦这厮和他一样，也是个性情中人，之所以用如此“伎俩”

诓他前来，无外乎是对自己的看重和敬仰，是想和自己交个朋友而已。如此这般，李白便乐呵呵地在汪伦等一干人马的陪同下，畅游了桃花潭，造访了万家酒店，赏花品酒，吟诗抚琴，在留下了十多首精美的诗篇的同时，彼此间的友情也日渐加深，以至于到了临别之时，难分难舍，促使李白有感而发，留下这首千古绝唱!

千百年来，人们传诵着这首诗，品味着诗的韵律之美，感悟着诗中浓厚的情谊，也使得“踏歌台”“桃花潭”这两个原本普通的景致名扬天下，引来无数文人骚客赏花品酒，缅怀这一段纯真的友情。但似乎很少有人去想：真正触动了李白心灵的是什么？在李白的心中，什么样的友情才是最值得珍视和心仪的？不妨再多想一想，李白在吟唱这首诗时，眼前既有满目盛开如云的桃花，又有飘香甜美的佳酿，对于一个既爱花又爱酒的浪漫之人，为何不用花之灿烂比喻朋友间的情谊之厚？又为何不用酒之绵醇去表达朋友间友情的浓烈？为何单单选用了水来比拟朋友之情，将情之浓和水之深联系在一起呢？

徜徉在桃花丛中，静听着潭水的轻声诉说，我们似乎找到了答案：是桃花潭清澈的潭水活跃的生命灵性，滋润了他们之间的友情。在李白的心中，朋友间的情谊，就当如这桃花潭水一样，透明、纯净、柔和而又能包容、化解一切心灵尘埃。花虽艳丽悦目，却有盛衰轮回，花无百日红，自然只是一时的绚烂，李白心目中真正的友情应该是长久的，不会受到时空的局限；酒虽浓烈，但多了刺激，少许或能助情，多了则会乱性，李白心中的友情，应该是清醒的，不是一时之浓，而是长久浓醇的。

所以，只有水才能在李白的诗中和友情相提并论，作为纯洁友谊的象征。在李白其他的诗章中，也可见类似的表达，比如“请君试问东流水，别意与之谁短长”，水长，情更长，水润情，情溢于水，个中况味，令人感慨；“寄情与流水，但有长相思”，水生情，情寄水，水不枯，情常在。这不正是真正的朋友之间所应有的一种状态吗？友情如水，才能滋润人生；友情如水，才能相伴久远。

在中华传统文化里，真正的友情就当如水一般的纯净，所以，古训才有“君子之交淡如水”之说。水是万物之源，纯真的友情也自是人生不可多得的动力，如水的友情会更持久、更有味。水一样清澈、透明、平和的情谊，会滋润朋友之间彼此的心田，补充你的能量，不会使你飘飘然而忘乎所以；水，又是能包容的，朋友之间，也免不了有些一时的隔阂和误解，但有了水样的心态，就能够互相包容、互相理解，化干戈为玉帛，一笑泯恩仇。

真正的友情，就当淡如清澈之水，她不会给你一时的兴奋和刺激，却能让你无时不感受到她的作用。这是一种若即若离的人与人之间的交往状态，这种状态，没有酒那样的浓烈，却有持久的心灵依附。刺激，能让人一时上天入地；持久，却可使人活在平安幸福之中。李白虽好酒，但他和汪伦之间却建立了如水般的友情，这就使他不会用浓酒佳酿去代言他们之间的情谊，而是说“潭水深千尺也不及他们之间的友情”，这使我们感慨诗人对友情的理解和把握。这是一种大智慧，一种真正理解了友情价值的、脱离了酒肉享乐的友情，因而更令人心动，令人向往。

对友情，我们还有各种描述。比如“相见不如怀念”，其实也是一种对“君子之交淡如水”的诠释。看似虽淡，实质深厚、浓缩。相见时的把盏盛欢，取的是短暂的激昂、放纵；怀念中的心心相印，才真正能考量出友情的厚重，取的是持久的牵挂、心灵的相印。

李白和汪伦早已退隐在历史的帷幕之后，但这首诗却始终在中华文化的前台上，不断地被人们所传诵；而更为人们所传诵的，则是他们之间如水的友情，这友情，才是滋润人生的最佳之物！

每个人的敬亭山

活跃在唐朝的大诗人李白一生游走天下，且饮且吟。放眼神州境内，举凡名山大川、显乡重镇，几乎都留有他的足迹。他那支生花之笔蘸着奇思妙想，洋洋洒洒，铺天盖地地书写了数百首精美的诗歌作品，这些作品，或描绘山的雄伟、水的悠长，或吟唱风的轻盈、雨的温润，或赞美友谊，或讴歌亲情，赋物言志，意境新奇，辞章华美，脍炙人口。“飞流直下三千尺，疑是银河落九天”，为我们呈现了仙境庐山的雄奇和苍劲；“两岸猿声啼不住，轻舟已过万重山”，为我们描画出长江三峡的险峻和旖旎。这些诗篇，文采斐然，灵动飘逸，为世人传诵千年，陶冶着民族的性情。

当我们吟诵着这些精美的诗篇，走进李白的诗旅历程时，我们发现有一个地方对他似乎有着独特的吸引力，以至于在他不太长的一生中，竟有七次到访这里，并留下了四十多首诗歌作品！更令人好奇的是，这四十多首诗作中，竟有五首涉及了一个共同的所在，也就是说，阅尽了天下美景的李大诗人，先后用了五首诗来赞美、描画同一个对象，这在他的诗歌创作中似乎也是不多见的一种情况。

好了，我们不卖关子了，告诉大家吧：这个让李大诗人来了七次、留下四十多首诗作的地方就是今天安徽省东南部的宣城市——在李白生活的唐朝，这里叫宣州；而让李大诗人先后用了五首诗赞美的那一处所在，就是位于宣州北郊的一座并不太高的山，大号敬亭山。

那么，宣州究竟是一座什么样的城市，能够让走遍神州各地的李大诗人不厌其烦地七次到访？这座敬亭山又究竟是一座什么样的山，能够让游遍名山大川的李大诗人一往情深地为它反复歌咏？

先说宣州（今宣城市）。它位于皖南山区和长江下游平原的结合部，自西汉元封二年（公元前 109 年）设郡以来，因其地处江南、毗邻苏浙，交通便利，物产富足，商业、人文便日渐繁盛。在李白到访之前的南北朝时期，有范晔、谢朓等文人墨客先后于此或官或文，勤勉当政，他们的政绩、文采也在一定程度上提升了这座城市的知名度，使其逐渐成为天下名郡、江南诗城。至于这座敬亭山，原名昭亭山，属黄山的支脉，东西绵延十余里，大小山峰有 60 座，主峰海拔 317 米。据传在晋朝初年，为避帝讳，才更名为敬亭。就山而言，在拥有黄山、齐云山、九华山的皖南地区，无论是以风光壮美之程度，还是以人文积淀之厚度来论，它也只算是稍有几分秀色、略带几分财气的小兄弟而已。可以料想，在 1000 多年前的唐朝，即使如李白所言，它有“稠叠千万峰，相连入云去”（《自梁园至敬亭山见会公谈陵阳山水兼期同游因有此赠》）的颜值，但在上述那几座名山强大的气场之下，也断然不会有它招摇过市、抛头露脸的机会。当然，自有了李白的那几首诗之后，伴随白居易、杜牧、韩愈、刘禹锡、梅尧臣、汤显祖等历代文人骚客纷纷慕名登临，吟诗作赋，绘画写记，“敬亭”便被捧成了“诗山”，从此傲立江南，芳名远扬，不输九（华山）黄（山），愈发显出郁郁葱葱、云蒸霞蔚之势，引得海内外朝拜，南北方点赞。

查有关史料，再对照李白在那一时期的诗歌作品，我们得知，唐天宝二年(公元743年)，李白因个性、德行、才性与官场衮衮诸公格格不入，难避谗言，受到革职处分，从此便浪迹江湖，寻山问水，做起了吟游诗人，宣州正是他这番云游的一个驿站。事业受挫、生活不顺，无奈地远离官场，出走长安，四处投亲靠友，期望在纵情山水、陶醉酒乡中寻得几分自在、几分自由。一路走来，一路写来，有意无意之间迎来了他诗歌创作的高峰期。于是，唐朝宫廷少了一个官员，中华诗坛多了一位歌者。现在看来，这也算是官家不幸诗家幸，李白受难后人得福了——浓浓的文化之福。

在李白所写的五首有关敬亭山的诗中，最著名的当数这一首《独坐敬亭山》：“众鸟高飞尽，孤云独去闲。相看两不厌，只有敬亭山。”这首五言绝句，短短四行，二十个字，没有一个字去描写敬亭山的风光景致，也没有一个字去赞美敬亭山的花香草绿，却为敬亭山赢得了跨越时空的巨大声誉，个中缘由，值得玩味。对于这首诗，数年来有多种解读，而比较一致的看法是：这首作于唐天宝十二年（公元753年）秋天每一个人都能找到一座敬亭山，当属人生一大幸事。

的五绝是李白那一个时期思想、情感、境遇真切反映，倾诉出李白内心的孤独和对知音的渴望。同时，也淋漓尽致地表达了李白悟透世事、豪放乐观的人生情怀。和每个时代杰出的知识分子一样，早年的李白也是一个有抱负、有理想的青年才俊，渴望着能辅佐君王，济苍生、安社稷。他也许具备了做官所需要的知识和才干，却不谙官场的规则，加上高傲、放纵的天性，使他始终无法成为一个在官场上游刃有余、左右逢源的"公务员"。天宝二年（公元743年），他终被谗言所陷，丢掉了公职，背着处分，无奈地离开官场、离开长安。此后十年时间里，他"浪迹江湖，终日沉饮"，在饱尝人间辛酸，阅尽世态炎凉的同时，也加深了对现实的不满，增添了孤寂之感。在这样一个人生、事业的低潮期，他应友人之邀来到了宣州，敬亭山便与他不期而遇。这似乎是历史给了敬亭山一个千载难逢的机遇，也给了中华诗坛一个诞生杰作的机遇。

细细地读这首诗，我们眼前会清晰地出现这样的画面：中年的李白神情憔悴，孤身一人静静地坐在敬亭山上的一棵苍松之下，默默地看着眼前的一切。四周寂静，远处一片苍茫，天幕低垂，闲云飘散，寻欢的鸟儿也无影无踪，连绵起伏的山峦像是一道屏障横亘在理想和现实之间。政治上的失意，仕途上的挫折，令他黯然神伤；官场同侪的谗言，人间冷暖的无常，令他情绪低落。十年来走走看看，写写唱唱，有诗词唱和的欢愉，有豪饮放舟的畅快，但内心的寂寞、孤独、不平、郁闷一直如影随形，深深刻在他的心上。

哪里有知音，哪里有慰藉呢？李白凝视着敬亭山，敬亭山也在看着李白。当此苦闷、压抑之时，身边却没有友人、没有听众，连云和鸟都似乎弃他而去，他只能无言地把一腔怨愤吐露给眼前的敬亭山。他凝视着群山，群山也凝视着他，人与山在这一瞬间达成了情感、思想的互通，人与自然在这一瞬间融为了一体。敬亭山听懂了他的内心，用阵阵松涛回应他的倾诉；敬亭山看出了他的寂寞，用点点苍翠抚慰他的目光。“相看两不厌，只有敬亭山”，敬亭山成为诗人失意时不离不弃的挚友，落魄时传递温情的伙伴，连绵的山峰在他眼里变成了欢迎他的队伍。怀才不遇而产生的孤独与寂寞，一时间在敬亭山的宽阔的怀抱中寻求到了安慰。全诗既有对横遭冷遇、寂寞凄凉处境的痛苦表述，更有对有山为伴、山为知音的慰藉和感慨。表面上看，诗写的是作者的孤独、寂寞、无奈，但实际上，正是通过这样一种表达，诗人吐出了心中的块垒，也鞭笞了世事的无情。字面之下，是释放后的轻松；孤独背后，是觅见知音的愉悦。而这个知音，无疑就是“相看两不厌”的敬亭山，是云去云来、花开花落的大自然。在与敬亭山的相看两不厌中，李白抖落了背负十年的苦闷、伤感，悟透了人生应有的乐观、超脱，知己相伴，人生圆满。弃我去者去便去，暖我心者在眼前；丢官、革职奈我何，小人谗言滚一边！一切烦恼都去吧，我有知心的敬亭山！读诗至此，我们便会豁然理解了敬亭山对李白的意义，破译了李白愿意为它反复歌咏的心灵密码：在李白的心中，敬亭山已不再是一座山，而是他善解心结的挚友，更是他的情感寄托，心灵知音。在另一首诗中，他更是由衷赞叹“敬亭惬素尚，弭棹流清辉”(《自梁园至敬亭山见会公谈陵阳山水兼期同游因有此赠》)。

正是在与敬亭山的“相看”中，李白获得了喜遇知音的兴奋和喜悦，若干天后，便将这兴奋和喜悦用“俱怀逸兴壮思飞，欲上青天揽明月”（《宣州谢朓楼饯别校书叔云》）这样一句千古绝唱做了奔放豪迈的表达。

李白和他的敬亭山给我们的启示是丰富的。每个人的一生，不可能永远一帆风顺，无论为官、为学，总会有高潮和低谷。从本性上来说，人都是更习惯于享受成功时的鲜花簇拥，喜欢将自己光鲜的一面展现给世人，而一旦遇到挫折，就会痛不欲生，产生坠于深渊的恐惧。有人会在未曾料想的打击面前消沉、萎靡，一蹶不振；挫折面前，有人会厌世怨人、自暴自弃。而李白和他的敬亭山则告诉我们：天涯何处无芳草，融入自然有知音。当你感到孤单、寂寞时，不妨多多地亲近大自然，将内心的积怨坦陈于天地之间，见山对话，遇水倾诉，与山水为伴，就会充实。山的高大苍翠，会让你认识到自己的渺小短暂，从而淡看得失；水的潮起潮落，能让你联想到人生的高峰低谷，学会笑对挫折。大自然似乎无情，但你若有情，山便有情；你若有意，水便有意。亲近自然，才有宽广胸襟，走近自然，才会神清气爽。敬亭山是李白的，也应该是每一个人的。我想，这也就是千百年来人们喜爱这首诗的真情之所在，也更是敬亭山名气长盛不衰的原因之一吧。

李白是聪明的，寂寞惆怅时，他能在和敬亭山的相看中寻找到解脱的良方；李白也是幸运的，在需要知音，需要抚慰时，敬亭山来到他的身边，给了他走出孤独的力量。每一个人都能找到一座敬亭山，当属人生一大幸事。

最难是农活

友人闲来无事，与几个同好相约，在京郊农村租了一个大棚，建起一座小规模的有机菜园，说是要体验一下干农活的滋味，活动活动筋骨，放松放松心情。当然也是想能自产自销，替自己“特供”一些绿色、生态的放心农产品。

不久前的一个周末，他约我驱车前往检阅他们的成果。一路上，我在脑海里描绘着那里的美景，畅想着满目的青苗葱郁、果实累累、绿荫如盖，如此一番生机盎然的田园景色，更希望能美滋滋地享受一餐有机生态、绿色安全的鲜嫩农产品大餐。

历经一个多小时的路程，我们总算是到了位于密云区的一个农业产业园，沿着还算平坦的田间公路进入他们的大棚之后，我却被眼前的景象惊呆了：哪里有什么青苗葱郁？几丛乱蓬蓬的菠菜、生菜，间着杂草，在大棚内的墙角下肆意地生长着！哪里有什么果实累累？几棵张牙舞爪的青菜蹿成了一米多高的“花树”！哪里有什么绿荫如盖？大棚外的一小片土地在炙热的阳光下干裂似龟壳，零星几株刚刚拱出地面的小苗蔫头耷脑、奄奄一息！

检阅成果的兴致被颓废的现实给了当头一棒，面对此景，友人也显得失望而尴尬，这才说起他和伙伴们已有两周时间没来料理了。本以为“撒下一粒种，坐收一袋粮”，殊不知竟会出现这样的局面。宽慰之余，我对他们也多少有了理解。这几个哥儿们自小都是在城市里长大，尝遍了五谷菜蔬、香甜水果，却对农业的生产知识所知甚少。农活的甘苦、田间劳作的艰辛，他们更少有体验，用他的话说：“真不知农活这么难。”租下这块地时，他们也是心气十足，专门去农贸市场挑选了优质、高价的蔬菜种子，也约好隔三岔五要轮流来劳动、耕作一番。可是，来回几次，路途遥远，加上平时都有脱不开身的公务，约定也就成了一纸空文。这就苦了那些撒在地里的良种，只好自生自灭，生命力强、耐旱抗热的在土里默默成长；其余的，便只能听天由命，生死难料了。

是啊，世间百样业，农活最艰难。过去把农活说成是“土里刨食的营生”，种什么、收什么，怎么种、收多少，既要看天，又要看人。人误地一时，地误人一季。庄稼人从来都是把地里活儿看得比天还大。春种秋收，夏管冬藏，要历经多少个起五更，睡半夜，才会有五谷飘香、果满枝头，哪里有你随便往土里撒点什么就能坐享丰收、尝鲜吃嫩的便宜呢？无论出身多么高贵的种子，少了必需的耕作过程，缺乏精心的料理呵护，也无法结出甜美的果实。先人们对此早有告诫，汉代刘安等人在《淮南子·修务训》就说过：“禾稼春生，人必加工焉，故五谷得遂长。”北宋词人苏舜钦有诗云：“栽培剪伐须勤力，花易凋零草易生。”

说的就是这番道理。

毫无疑问，农业是世间最古老的产业，农耕文明也是最古老的文明。农业更是人类改造自然、延续生命的伟大工程，是人类主宰这个世界的第一项壮举。有了农业，人类才掌握了生命的密钥。春种秋收、耕耘垦殖这样一些农活，看似极为简单，其实十足算得上人间第一难事。说其难，不仅仅是因为多少年里，农业的丰与歉主要靠的是上天恩赐，看老天的心情和脸色。老天高兴，一年四季，均洒阳光雨露，地里苗壮叶茂；老天生气，阴晴无序，旱涝失控，庄稼便颗粒无收，农家一年心血付之东流。说其难，还在于挖、种、锄、收，庄稼人要顶烈日、冒狂风，披星戴月，劳筋骨、苦心志，精疲力竭才能有所收获。唐代李绅《悯农》一诗就是这种艰辛的真实写照："锄禾日当午，汗滴禾下土。谁知盘中餐，粒粒皆辛苦。"而也正因其难，才更能使人体会到人生的不易，才更能锻炼出人的顽强意志和坚韧精神。一个人，只要是干过农活，就会对生活中的挫折、失败抱着淡定宽容的心态，不会为一点点得失而纠结，不会为一点点成败而闹心。也正因为农活之不易又关乎生命的兴衰，所以人们始终报以崇高的敬礼和赞美。古往今来，可见无数赞美农业生产、歌唱农耕文化的诗篇。"农家农家乐复乐，不比市朝争夺恶""年丰妇子乐，日出牛羊散""稻花香里说丰年，听取蛙声一片"，这些诗篇人们耳熟能详，传唱千年。吟诵着这些精美的诗句，耕作的艰辛也就悄然化解为丰收的喜悦，升华成为一种坚韧不屈、乐观进取的精神。

是的，农活难，但农活也充满着生活的灵动和生命的光彩。土地里劳作的场景，永远都是那么的生机勃勃。在农业机械化还远未普及之前，从南到北，各地农村从耕到收，全都是靠农民的双手。“乡村四月闲人少，才了桑麻又插田”“东风染尽三千倾，白鹭飞来无处停”“田家何待春禽劝，一朝早起一年饭”，春回大地，犁田插秧，便成为乡村的头等大事。往往是田里的一汪清水还带着刺骨的凉意，乡亲们就要套牛驾辕，在田里一遍遍地来回梳犁，唤醒沉睡一冬的土地。犁铧所至，泥土欢快地翻卷起油亮的诗行，像是在给勤劳的人们致意敬礼。间歇时，乡亲们会走到田埂上，端起粗瓷海碗，饱饱地喝上一口一大早出门就泡好的浓茶。年纪大的，还要从腰间抽出竹制的烟袋，美滋滋地抽上一两口。等歇足了劲儿，再下到田里，细心地捡拾一遍，把一些个小石子统统拣出来，好给将要在这里安家的禾苗营造一个柔和的窝。

我虽自小在县城里长大，但对农活并不十分陌生，很多亲戚都住在乡下。为了培养我劳动的观念、吃苦的精神，每到农忙时节，父亲都要赶我去亲戚那里住上几天，和他们一起上山下田，收割采摘，体验农活。加上那时的小学中学，也都少不了学农的活动，因此，对农活就有了更切身的体验。

印象中，春耕之外，农村最忙的时节是立秋前的那一段时光。因为当地种的是双季水稻，第一茬成熟在夏天，在立秋前必须收割完毕，再将秋季稻秧种下去，才能保证年底的收成。双抢，就是抢种抢收。抢时间、抢天气，其实也是在抢丰收、抢生活。这个时候，学校都要和附近的农业生产队联系，组织学生送肥下乡，支援双抢。街道居民委员会也都会组织街坊，每户出一人下乡支农。有些家庭缺乏劳力，或者家庭成员因工作脱不开身，居委会便动员我们这些放暑假在家的中学生替班代劳。对我们而言，这是一件很乐意为之的事。一是放假在家除了作业之外，也没别的活动；二是替一次班，还能从居委会那里领到一块两毛钱的工钱，我们就是这样玩儿着就把钱挣了。

不过，这钱挣得也确实不易。出工的那天，为躲开太阳出山后的酷热，我们要在凌晨三四点钟就起床，走上三四里路，才能到乡下，而对孩子们来说，起早是一大难题。有好几次，因为起得晚了没赶上队伍，让即将到手的工钱溜走了，很是一番后悔。但大多数时候还是能够和支农的队伍一起，按时到达目的地。此刻，天色微明，暑热未至，城里人正是睡梦酣甜，田野里却已是灯火通明，人声鼎沸，一派繁忙景象。我们迫不及待地接过生产队长递来的镰刀，便下地收割。割稻看似简单，其实也有风险，刀口锋利，稻棵有时又不规整，稍不留神，就会把小拇指拉出一道血口子，我们管这个受伤叫“杀鸡”。一个双抢季下来，参加割稻的小伙伴们，很少有人幸免，秋季开学再聚到一起，大家总会亮出双手，指点着已愈合但仍留有疤痕的伤口，炫耀似的讲述受伤时的情景。其实，这种受伤在常年干农活的乡亲们身上也时有发生，我的农村亲戚，大多是双手布满伤痕，只不过他们对此早已习惯，没人把这个伤当一回事罢了。如今，大多数地方都实现了种、收的机械化，这样的伤害也就在很大程度上得到了避免。

除了双抢季的割稻，因为家乡是产茶地区，每年的春季我们还会去深山里的村子帮茶农采茶。这个活儿除了要跋山涉水——好茶都长在沟深路陡、云雾缭绕的高山上；还要时时提防盘踞在茶丛中的毒蛇。我们中学就有校友不幸被蛇咬过，若不是抢救及时，小命儿就没了。现而今总有机构、团体组织游客到茶乡体验采茶，但没听说过有被毒蛇所伤的事情发生。想来也许是山里的蛇少了，抑或是茶园的管理有方，让毒蛇们没有了下嘴的机会，总之是安全了不少。

现代科技的发展和城镇化步伐的加快，让很多人走出了土地，传统的农业耕作方式也发生了巨大的变革，“看天吃饭”的被动局面得到了很大改观。飞播飞防、机种机收的快捷缓解了“脸朝黄土背朝天”的劳累，那些延续数千年的耕作方式、习惯也逐渐淡出了人们的视线，农活似乎不像过去那样难了。但人不能彻底地离开土地，更不应该遗忘和脱离劳动。只有亲近土地，才能领悟生活。在机械可以替代大多数繁重、危险职业的今天，适当从事一些传统的耕作，把种地等农活作为一种生活的体验，不仅是对农耕文化的致敬，而且也是磨炼意志、锻炼精神的有效途径。现如今，人们在都市里生活久了，又会向往田园的明秀；看惯了车水马龙，又想着去亲近泥土的芬芳，体验农活、走进乡野成为时尚，这无疑是件值得提倡和赞赏的事。虽然有人因对农业生产特点的不熟悉，对田间劳作的艰辛思想准备不足，也有人会对困难、挫折产生畏惧，这就需要我们以一颗虔诚的心去学习、去实践，在劳筋骨、苦心志的过程中去参透生命的价值，去培养敢于胜利的精神！

一分耕耘，一分收获。最难的农活，阐释了最朴素，也是最高深的道理。

“思”水流年

我的家乡境内不仅有幕溪、琴溪、徽水等数条河流，更有当年李白乘舟访友的青弋江。丰富的河流带来了丰盈的水源，数湾清流，滋养着这片土地上的芸芸众生。

靠水吃水，临河而居，水不是问题。然而在二十世纪八十年代前的漫长岁月里，由于缺乏技术和资金，加上传统观念的局限，即使是守着这些水源，家乡人们生活中的用水也是多有不便。以我从小居住的那条毗邻青弋江的街道来说，一年四季，无论刮风下雨，街坊们浣衣、洗菜都得提篮携筐去河里经受风吹日晒，吃水用水要担着木桶，上下几十级台阶，去河里肩挑手提。而住在城里离河稍远的人家，则需要走更远的路程，费时费力。储水的需要使得水缸、水桶、扁担成了家家户户最基本、最重要的居家用品。而一个人，尤其是男孩子，是否已长大成人，很重要的一个指标就是看他能不能下河去挑回一担水来。

风和日丽的日子，到河里担水、洗涮还不算是苦差，而一到了风雨天，特别是星光惨淡的夜晚，下河洗涮就成了让人——尤其是孩子们恐惧的一件事。那时候河边没有路灯，大白天清晰的一切在黑黝黝的夜幕下就变得狰狞起来，尽管人们打着手电、提着马灯，也只能照亮脚下的方寸空间，看不清路，失足滑进河里的险情也时有发生。所以，不是万不得已，人们都不愿在夜晚下河。更不要说一些上了年纪或是腿脚不便的街坊，对他们来说，一切需要和水发生关系的事情就变得头疼和艰难起来。

为了缓解生活用水的不便，街坊们也是想尽了办法，节约用水、提高水的利用率便是第一招。虽然门前就是青弋江，但水却是要花力气才能从河里一桶桶挑进家来的，自然不可大手大脚，每一盆水常常要反复用上几次才肯倒掉。节约用水的同时，更不轻易放过自然送上门来的水——赶上下雨天，整条街上，家家户户的门前屋下，不约而同一个挨一个地放满了大大小小、五颜六色的水桶、水盆，构成一道特别的风景。大人孩子们在屋里聊天干活，听着雨水从屋檐哗哗流下，从大珠小珠落玉盘的清脆到桶满盆满时的叮咚轰响，单调的日子似乎也有了音乐的节奏。虽然接来的雨水不是十分清洁，不能饮用，但浇花或擦洗门窗还是很能派上用场的。关键是上天恩赐，坐享其成，街坊们也就当仁不让地笑纳了。

夏季天气炎热，下河涮洗能享受习习南风送上的凉爽，倒算是快意之事。可到了数九寒冬，河面上北风嗖嗖，河水冰凉刺骨，严寒就有了更大的杀伤力，用水便成了件苦差事，让人心生畏惧。南方的冬天虽不如北方那样寒冷，但因为空气的湿度大，营造了一种让人手足无措的阴冷，屋里屋外的温度几乎一个样。气温偏低的日子里，一夜之间，水缸里也会结出一层薄冰，水更是刺骨的凉。能烧锅热水洗涮当然好，但那可是要费柴火的，而柴火是花钱买的，所以很多人家舍不得轻易烧水，只是在一顿饭后就着炉膛里的余温把水加热来用，三餐饭点之外，就只能凉水伺候了。一年又一年，很多人在如此的辛劳中双手裂出了一道道口子。记得当年县蔬菜公司的豆制品厂就在我们这条街上，每次做豆腐的过程中，会产生大量的热水，被当作废弃物排进下水道。其实，这些热水除了不能饮用外，洗碗、涮布都还是绝好的材料，街坊们当然不会放过它。于是，每逢假日的早晨，老老少少的街坊们就会端着大盆小桶盆，结伴去豆腐坊接水。洋溢着豆腥味、略微发黄的这些热水让原本冷冰冰的家务活儿变得有了几分温度。

我家对面的王伯伯家开了间开水房，为街坊四邻供应开水。专做水生意，用水量自然就比日常家居生活要大得多，他们专门雇了两个人，每天不间断地从青弋江挑水上来。偶尔碰上挑水工生病或有事，水就有些接不上，急得王伯伯一家人轮流亲自上阵挑水或满街唤人挑水，既影响了生意，也耽误了街坊们的用水。为改变这一窘境，王伯伯动起了接自来水的念头。当时全城只有县宾馆在自家院里建了个水塔，用水泵从青弋江泵上水来储进塔里，通过自设的管道用上了自来水，但从没听说有外人分享过这个福利。所以王伯伯说起这个念头时，街坊们都认为不现实，接自来水要花钱不说，那宾馆离我们街道有好几百米的距离，要埋设管道，还得房管所等部门批准，平头老百姓哪来那么大面子？但王伯伯义无反顾，硬是办下了各种手续，真的要上自来水了！开工那天，雇来的几十个工人，沿街一字排开，钎铲锄挖，在小街地面下铺设了一长溜水管，开了条“专线”，把自来水从宾馆引到了自家的开水房，从此省去了雇人挑水的麻烦，更保证了街坊四邻所需的开水供应。这事在当时轰动全城，他家也成为全县第一个自来水私人用户，引得人们羡慕不已。

街坊们都知道自来水方便，但当时的条件下，街坊们更知道自来水不是你想接就能接的，没福气享受清流自来的便利，就只能忍受顶风冒雨下河的苦恼。

也有人不甘心，此路不通就另辟蹊径，没过多久，在自家院里打水井便成了县里的时尚。最初我以为这不可能，因为此前常见的水井，都是有很大的井口、石砌的井台，需要有相当宽敞的场地才行，而城里人住的房子都不大，即使有院子的也似乎不足以摆开那么大的阵势。而当邻居张伯伯在自家后院把这一设想变为现实时，我才明白，他们打的是

一种压力水井，这种水井根本用不着开凿传统水井那样的井口、井台，只是将几根十多米长的自来水管逐一焊接起来，最前面的那根水管的头部焊上一个铁制的、钻有若干小孔的锥体，在里面塞满食盐，用压力机一寸寸地夯打进地里，再在地面上连接上一个装有活塞的机头和压力手柄。当钻进地下的铁管遇到水源后，最前端管子里的食盐便慢慢溶化，水便渗透进管道里。这时，只要往安装在地面上的机头里倒上一些水作引导，同时反复按压压力手柄，利用杠杆和活塞原理，便能将地下水抽出地面。最初流出来的水混浊不堪，不停地压上一阵之后，清澈的地下水便源源不断地流了出来。在井旁砌个水池，洗涮用水，唾手可得，比下河省事多了，而且，地下水冬暖夏凉，没法不让人心生欢喜。在他们的示范作用下，街上有七八户人家先后打出了这样的水井。

不过打井这档子事，也只热闹了一阵子就渐渐淡去了。因为地下水的碱性较高，烧开后会产生较重的水垢，而且水的味道也略带咸味，对于酷爱烧水泡茶的家乡人，对此很是接受不了。还有些人家井打得不够

深，用了一阵子后，水就有点接不上了，慢慢地，这些井也就废弃了，用水的麻烦仍然困扰着人们，在依旧顶风冒雨、披星戴月下河洗涮的同时，大家都渴望着能早一天像大城市的人们那样，过上在家里一拧开关就有水用的好日子。

当岁月迈进二十世纪八十年代时，改革开放的春风吹散了困扰人们多年的心结，数年的渴望变成了现实。城市建设日新月异，多年困扰老百姓生活的一个个难题也逐一得到解决。县里办起了水厂，自来水连通了家家户户，无论是老旧的平房还是新建的高楼，居民们都可以足不出户便见清流。伴随人们世世代代的那个笨重、傻黑的大水缸被淘汰了，水桶、扁担也成了文物，孩子们再也不用小小年纪就被水桶、扁担压抑着渴望成长的身体，人们也不用再顶风冒雨、披星戴月下河挑水、洗涮了。自来水的普及不仅方便了生活，也改变了很多延续千百年的习惯，以前人们所有的洗涮都要去河里，生活垃圾也随手扔进河中，河水的卫生质量受到影响，通上了清洁卫生的自来水，下河的人少了，河水也减少了被污染的可能。

在用上自来水近四十年后的今天，县城的人们不再会为日常生活下河了，但河水和人们之间的亲密关系仍然没有隔断。水波荡漾、丰盈清澈的青弋江、幕溪河畔，建成了长长的绿化带和公园，人们走到河边，不再是辛苦地劳作，而是观光休闲，眺望河面上自由飞翔的水鸟，看水草摇曳着朝霞与落日，听芙蓉、桂花绽放的声音，体会着生活的惬意与轻松。偶尔有几个提篮携桶的大妈大爷们在河里浣衣洗菜，也成了观光客镜头中的民俗风景，展现了过往岁月中人与水的相亲相融。有人问起“如今为什么还要下河？”他们总是爽朗地回答：“习惯了和河水的亲近，总想不时地感受一下河流的宽阔与清澈，顺便也活动活动手脚，就当是一种健身锻炼了。”

“一滴水能够折射太阳的光辉。”曾经不得不做、几成负担的事，如今成为多彩生活的点缀，调节着日子的节奏，折射出的是时代的进步和人们生活质量的不断改善、提高。青山常在，绿水长流，告别了用水不便的家乡人，正自由自在地浇灌着更加美艳的生活之花。

粗衣粝食时，工装做时装

“衣，身之章也。”（《左传·闽公二年》）自古以来，人们都把衣饰作为身份的象征和标识。从披佩树叶兽皮遮羞护体、驱寒保暖到纺纱织布制衣美体塑型、悦人乐己，服装的演变升级画出的是人类文明日益成熟、进步的轨迹。伴随生产技术的不断革新、人类审美情趣的不断提升，服装的款式和色彩也不断地精致和丰富。人靠衣服马靠鞍，一身整洁得体、美观悦目的衣服，既可以装饰、改善人的形象，又能增强人的自信心。不同的服装展现出人们各自不同的精神面貌，漫长岁月中，衣食住行始终是人类生活的基本内容和仪式，而其中，衣又一直占据着首位。衣饰可谓衡量一个社会、一个时代经济水平、文明程度、人类幸福指数的重要标志，一如当下，五颜六色、千姿百态的服装争奇斗艳，构成了一道流动的风景线，淋漓尽致地展示着人们生活的富足、心情的愉悦。

而时光倒流回四十多年以前的1970年代，我们的生活中却没有这样的风景。因为物质的匮乏，那时节人们没有多姿多彩的服饰来装扮身躯、美化生活。“布票”“棉花票”限制了人们的想象和追求，“粮票”“副食票”麻木着人们的胃口和味觉，粗衣粝食是那一段岁月的标签，吃饱穿暖成为那一段日子的渴望。服装的色彩单调——无论男女老幼，穿戴基本上都是黑、灰、白等几种，款式也千篇一律——学生装、中山装主打天下。布料也多是染色老棉布或是卡其之类。搁到现在，对于见惯了各种高新科技合成材料的人们来说，这种老棉布笃定都是妥妥的“原生态环保材料”，丑小鸭变天鹅似的身价陡增，备受追捧，而在当时却是人们无法选择的选择。讲究服装的色彩、款式固然是奢望，即便是衣服的更新换代，也做不到随心所欲、率性而为，大多数家庭是要等到每年春节时，才会把平时积攒下来的布票、棉花票，当然还有钞票，拿出来首先给孩子们扯上几尺布料，到缝纫店给他们置办一套新衣服，以给这个节日增加一些喜庆，也是把生活的希望带给正在成长的下一代。孩子多的家庭，能穿上新衣服的，基本是家里的老大，而兄弟姊妹则没有那么好的福气了，往往是接过哥哥、姐姐们穿过的衣服直穿到破损得无法修补。但也正是这种经济的拮据，使得人们养成了一种“新三年，旧三年，缝缝补补又三年”的节俭精神，这种精神支撑着人们走过了那一段不平常的岁月。

而生活的窘迫不能彻底切断人们对美的追求，向往幸福的愿望总是能让人产生奇思妙想，于黯淡中发现一丝亮色，费尽心思给生活增添一些欢乐，想方设法让日子过得充实和满意。在服装品种、款式稀少的情境下，一些厂矿企业员工的工作服便成为人们眼中的一朵服装奇葩，备受青睐，使它的实际使用价值远远超出了工作防护和御寒保暖、遮风避雨，从工装演变为具有特殊身价的时装。

细想起来，那个时代的工作服虽然在色彩上并没有超出黑、蓝等几种，但因为是由特定厂家流水线、批量化统一加工而成，比起一般缝纫店出品的衣服，在裁剪、制作上更为考究，显得整洁大方、独具风采。而人们追捧它的另一个更重要的因素在于它是工人阶级、劳动者身份的一个重要象征，是一张工人阶级的标签。何况，它还是国家给予工人阶级的福利，只要是工厂的一员，就可以免费享用，在所有家庭都为吃穿犯愁的岁月里，这样一份免费的“午餐”，就显示出了无比的优越性。

不同的单位，工作服的布料、款式各有不同。一些服务性行业如餐饮、商场营业员的工作服多为半长款的大褂类型，所用的布料相对较薄，以蓝、白色为主，还配有帽子、护袖（套袖）之类，行业特色十分明显，方便了工作，却不适合生活中的日常穿戴，故而未成热点。而生产型企业的工作服，则大多以棉纱纺制的劳动布为主，除了领口有点异样，胸前常印有“抓革命促生产”以及厂名车间等一两行文字外，总体上看和人们日常生活中的衣着并无很大不同，这样的衣服既可以做工作时的防护，又可以在平时穿戴，一衣多用，有了更为广阔的价值空间。它唯一的不足是洗涤比较费劲，浸水之后，布料变得又硬又重，那时没有洗衣机，仅凭一双手搓洗起来就很是吃力，不得已人们只能将其平摊在洗衣台上，动用棕毛制作的刷子来回刷洗。如此一来，衣服的颜色便褪得很快，洗刷上几次，一件蓝色的衣服就变得泛白，胸前的那些文字也渐渐淡去。

不过，阴差阳错地，也正是这一不足，让洗过几次的工作服淡化了原先的显眼色彩，看上去半新不旧，既是工装，又像便装，倒更适合人们日常穿着了。

工作服既是一种福利、待遇，是劳动者身份的象征，其本身又具备美观、大气的特质，于是乎穿一身劳动布工作服就成了当年的一种时尚潮流，许多人都以能拥有一身工作服为荣。一些有了几年工龄的年青工人，更是细心巧妙地把工作服穿出了花样：一套在上班时穿，勤洗勤晒，轻易不换；省下的新工装则藏之于柜中，留作重要场合的一种礼仪性穿着。在触目所见都是中山装、学生装的大街小巷，一身整洁挺括的劳动布工装，左胸前的口袋里插一支钢笔，这种装扮洋溢出朝气蓬勃的青春气息，吸引了无数羡慕的目光。穿着工装的青年人，更是从内心到外表都洋溢着一种自豪和骄傲。能穿上工作服，说明有一个很好的职业，有稳定的收入，生活无忧，找对象都要容易得多。街坊有位在钢铁厂上班的大哥，相亲时就特意穿了一件崭新的工作服，一下子就俘获了对方姑娘的芳心，工作服的魅力由此可见一斑。

而年纪大点的工人师傅们考虑得则更加周全，自己穿着仔细，洗洗刷刷、缝缝补补，一身工作服要穿上几年都舍不得更换，而把节省下来的工作服转给家人穿，以减少家庭在服装上的开支。劳动布做的工作服耐脏、耐磨，尤其适合那些正在长身体、整天在外面摸爬滚打的男孩子。我的几个同学，从上初中起直到高中毕业，就一直穿的是父辈的工作服，还常常在我们面前显示出跻身工人阶级的得意，似乎穿上了这件工作服，他就理所当然地成了工人阶级的一分子。家里没有工人或是没能享受工作服福利的人们，也总是变着法地要从各种渠道弄上一件穿到自己身上，既满足自己爱美的心理，也是要享受一下福利带来的满足，于是，常有人把节省下来的工作服当作贵重的礼物馈赠给亲朋好友。

高中一年级时，我父亲的单位也开始发工作服了，第一套只能是他自己穿，我只有过过眼瘾的份儿，但却看到了能穿上工作服的希望。果然，等到次年，第二套工作服发下来时，父亲就让给我来穿了。这只是一件很普通的工作服，深蓝色的劳动布——类似今天的牛仔布，立领，两大一小三只口袋，我一直穿到进大学直到毕业，最后原本的蓝色基本上被无数次的洗刷耗尽，成了灰白色，我仍对它“爱不释身”，甚至穿着它照了毕业照，成为那段岁月的永久印记。

在生活日益富裕起来的今天，用来做衣服的布料种类早已让人眼花缭乱、应接不暇，服装款式更是五花八门，各类时装争奇斗艳，高科技、流水线的服装产业全面统治了人们的穿着，很少有人再去自己买布做衣服了，工作服早已消失了当年的魅力，回归到劳动防护的本位，不再是日常生活中体现身价的行头，孩子们也不会像我们当年那样去渴望一件工作服了。审美观念的变化让人们更重视个性化的追求，恨不得自己身上的衣服满世界独此一件才开心，遇上穿着同款衣服的同事、路人，不由得会产生“撞衫”的尴尬心态。工作和生活，忙碌与休闲，界线越来越清晰，上班时穿上工作服，专心工作；下班后换上款式新颖的服装，休闲娱乐，人们有条件更为精细地去安排自己的生活。

粗衣粝食的岁月，衍生出“工装做时装”的世象，虽是生活的无奈，却无意中催生出一种节俭的生活美德，“新三年，旧三年，缝缝补补又三年”的日子一去不复返了，但这一美德却是不应该随着日子的美满而忘却，尤其是在倡导低碳、环保生活理念的当下，如何降低服装资源的浪费，应该引起我们的重视。

那些与书有关的往事和现实

中学阶段是一个人求知欲最为旺盛的时期，阅读的兴趣与日俱增，对书籍开始萌发一往情深的热爱。而我升入初中时，正是国家热火朝天地开展“灭资兴无”运动，在文化领域破“四旧”、铲“毒草”的年代，古今中外很多优秀的文艺作品都被打入冷宫，难得一见，人们只能冒着风险在私下里偷偷传阅。与此同时，为弥补阅读物的不足，一种被称作“手抄本”的原创文学作品在民间悄悄地流行起来。这些手抄本的题材大多是反特、侦探，也有少数言情类的，从叙述方式到人物形象、故事情节，都与当时的主流作品大相径庭，传递了别样的文化信息。抄录是私密的，阅读是私密的，在偷食禁果般的心态下，人们获得了一种异样的审美体验。

我也不失时机地加入了手抄本的队伍，偷偷地在笔记本上转抄过十多部篇幅长短不一的地下小说。有个同学借了一本名叫《22586 案件》的破案小说让我抄，我感觉这书名不够响亮，便大笔一挥，将其改名为《虎胆侦探》，还自作聪明地以自己的想象，添油加醋增添了一些情节，受到伙伴们褒贬不一的评价。能够在抄录原著的过程中，随个人意愿作文字加减，有意无意间过一把作家瘾，恐怕也是手抄本深受大家喜爱的原因之一。

今天看来，虽然这些手抄本的文字未必精美、构思未必精巧，但在那个特殊的时期里却是难得的一种文学熏陶，像寒夜里的点点星光，守护着人们的文学梦想，激发着人们的创作热情。此后几年，伴随着改革开放的春风，一些优秀的手抄本如《第二次握手》《一双绣花鞋》等，经原作者整理加工得以正式出版，鲜花重放，魅力再现，给人们一种老友重逢的喜悦。

那时全县只有一个小图书馆，设在工会大楼的一层，虽然算是一个公共文化场所，但借阅证却是按计划分配，只为机关干部办理，像我等学生百姓到那儿也只能是看看报架上的几份报纸，或者透过书架的玻璃看看那些藏书的书脊过过眼瘾。有个同学因家长的关系弄了张借书证，为了沾他的光能借几本书看看，同学们便以请他看电影、帮他做作业等手段来“贿赂”他，众星捧月似的和他套近乎。听说有些机关单位建有内部资料室，多多少少有一些藏书，我们就缠着大人找关系、托人情，去那些地方借书看。父亲有位朋友在县商业局办公室工作，受父亲请托，在一个闷热的夏日午后，带我去了他们的资料室，慷慨地打开书柜任我挑选。这时我才发觉，其实他们的藏书并不是想象中的那么多，适合我看的更是寥寥无几，挑挑拣拣，最后选中了一本《日心说和地心说的斗争》，也只是出于对这书名的好奇，便将它借了出来。正是从这本书中我知道了哥白尼、布鲁诺这些大科学家的名字和他们的卓越贡献。

好在县新华书店开设有图书租阅的业务，读者交上两块钱的押金，办张卡，每次就可以租上一本书回家看，一周之内按每天两分钱租金计算，超期加租。这就大大缓解了很多人的读书之难，通过这个途径，我囫囵吞枣地读了刘大杰编写的《中国文学发展史》、高尔基的几部长篇小说以及当时流行的一些文学书籍。如今，县城里很多当年的建筑都被一幢幢新的高楼所替代，而商业局、新华书店那两座小楼却依然挺立在原址。饱经岁月沧桑的它们虽早已被派作了其他用途，没有了当年的模样，但每每从那里走过，我的心头总会情不自禁地涌起一股暖流，眼前隐约浮现出往日的那些场景。

同学、朋友之间相互借阅书籍也是常事。在愉快的阅读过程中，有时也少不了为一本书的得失而闹意见。曾有个同学借给我一本《黎明的河边》，我转借给一位街坊大哥后，他又不知转借给了谁，结果弄丢了，无奈之中他只好忍痛割爱，把一本民国年间出版的《三国演义》赔给了我们。能得到这样一本老书做补偿，我们自然很是开心。殊不知，当把这本书再借给另一位同学后，过几天他也说弄丢了。我们多次登门索要，最终他才以一本写董存瑞事迹的小说《真正的战士》作赔了事。我们虽感失落但碍于同学情谊又不便多说什么，同时对英雄董存瑞也充满了崇拜之情，便接受了这样一个事实。若干天后，我却偶然从兄弟班级一位同学那儿看到了那本《三国演义》。询问之下，那个同学确切地告诉我们，是向某某借的，而这个某某恰恰就是赔我们《真正的战士》的那个人！

显然，他是更喜爱那本老书而采取这种狸猫换太子的手段将其据为己有了。等我们再找他理论，他却死不认账。对这位缺乏诚信、爱耍伎俩的仁兄，我们又气又恨，从此不再交往。

偶尔我们也干过偷书的勾当。上初中时，每年暑假我都要在一位亲戚家住些日子，而他家的后院就是县搬运公司的停车场。有天下午，车场停下三辆大货车，车厢被深黄色的帆布包裹得严严实实，起初我们以为装的是军事物品或危险品，不敢靠近。可无意中从司机那儿得知车里装的是从新华书店仓库里拉出来的库存图书，要送到造纸厂去化纸浆。听说是书，我和几个同龄伙伴一下子来了精神。等到晚上，月黑风高，我们很费劲地解开了那几块帆布，悄悄钻进了车厢，不问三七二十一，摸黑一通撕、扯、拽，从不同的几个纸包里掏出了几摞书。做贼心虚的我们来不及、更不敢细看拽出的都是些什么书，趁着在被发现前迅速溜回了家。到了灯光下一看，才发现我们拽出的是彩色绘画本童话故事《乌鸦兄弟》《神笔马良》以及革命回忆录《红旗飘飘》，还有繁体字印刷的苏联小说，都是当时市面上看不到的禁书。我们各自留下了一部分，把相同的几本当作礼物送了其他要好的同学。这些战利品给那段时光增添了许多欢乐，也给我们带来了更多知识的补给。有过这段经历，在后来读《孔乙己》时，对他老人家那句为自己辩护的名言“窃书不为偷”便感触尤深，更为自己能够在这些书籍化为纸浆之前挽救它们的生命而有一丝丝的自得。

四十年前，国家进入了改革开放时期，文化市场大繁荣，人们学习的热情空前高涨，曾出现过数百人在书店门前彻夜排队购买《英语900句》《数理化自学丛书》等书籍的盛况。读书、求知成为社会潮流，新书、名著供不应求，常常是甫一面市便销售一空，谁能有幸买到一本，便会有中头彩一般的欣喜，而我恰恰就有过一次这样的喜悦。

大学第一个寒假，我在回乡途中经过一个叫繁昌的小县城，需要在这里住上一夜赶次日的长途汽车。在汽车站的小旅馆安顿下来后，我便去附近的供销社商店，想买点干粮充饥。无意中发现商店柜台的最下面竟然静静地躺着一本法国作家罗曼·罗兰的长篇小说《约翰·克里斯朵夫》！对于这本书，我只是在课堂上听老师讲起过，到图书馆借了几次也未能如愿，市里的书店也不见其芳踪，而据说当时在图书黑市上每套要卖到二十多元！（那年月我们做学生的顶级助学金每月还不到二十元）没承想能在这里见着，心里便一阵激动加紧张。看看店里除我之外没有第二个顾客，便大胆地问营业员这书多少钱？她看了看我，弯腰从柜台里拿出那本书，瞟了瞟书底的定价说："一套四本，四块三毛钱！"我喜出望外，想都没想，便说我买我买，麻利地从口袋里掏出原本是要买干粮的钱，抢似的从营业员手中接过这套书，径直返回到旅店。

书到手了，当天的晚饭却没了着落，因为买过那套书后，我口袋里剩下的钱连买半碗面条也不够了。但一书在手，也忘了饥寒。"江声浩荡，自屋后上升……"，文学大师诗意的叙述让我感受到了文字的魅力，不知不觉读到了次日清晨。开学后回到学校，同学们都不相信这套书是我在一个小县城里用平价买来的，又埋怨我为啥子不多买几套。到今天，快 40 年过去了，这套书仍然被牛皮纸做的书皮包着，醒目地立在我的书橱里，每每翻阅，发黄的书页又把我的思绪带回到那个梦境一般的冬日黄昏。

几十年过去了，今天买书读书都不再是难事，线上线下、国内国外，想买的书随时都能够买到。各地的大小图书馆也都面向社会开放，只要你愿意，就可以坐拥书山、徜徉书海。但渐渐的人和书的关系却变得微妙起来，读书的热情似乎也淡了下来，大小书店里更是失去了往日那种熙熙攘攘的场景，我这个过去见书就想买的人，这些年来也变得不敢轻易买书了。

对这种现象，有一种解释是现在的阅读资源丰富了，阅读的形式发生变化了，无处不在、无所不能的互联网，特别是智能手机的普及更让阅读变得随心所欲起来，而电商网购的盛行也让买书变得简单快捷，用不着再去实体书店摩肩接踵凑那份热闹了。

这些解释虽不无道理，然而在我看来，另一个原因恐怕还是一些人基于功利性、商业化的目的，把著书立说当作一种牟取暴利的手段，使得图书市场良莠不齐，城门失火，殃及池鱼，伤害了读者的感情，让很多人对深不可测的图书市场敬而远之了。相信不少人和我有过同样的经历，曾见到有些书，书名很诱人，装帧很精美，可谓金玉其外，一打眼真是让人心生欢喜，但拿在手上翻看几遍，就发觉败絮其中，不值得一买。也慕名买过一些书，阅读之后，却有上当受骗的感觉，如此几番遭遇，便落下了病根，对买书变得慎之又慎，不会轻易地掏出银子了。

杜甫说“文章千古事”，曹丕说“盖文章，经国之大业，不朽之盛事”，著书立说自古就是一项神圣的职业，写作者需集自己的人生智慧、学识才华，去观察世界、思考人生、分析社会、表达思想，记录时代风云，传承文化精髓，对自己笔下的每一个字、每一篇著述都视作生命，倍加珍惜和尊重。有的人穷其一生，虽然留下的文字并不多，但却是真知灼见、字字珠玑，或以思想深邃见长，或以文采焕然名世，成为不朽之经典，使文明薪火相传。然而当下，在有些人的眼里，写书已变得不再神圣和神秘，用游戏调侃、追名逐利的编造颠覆着皓首穷经、呕心沥血的著述，粗制滥造，猎奇媚俗，结果便结出了内容格调不高、篇章结构随意这样一些文化怪胎。其行为，轻点儿说是在浪费社会资源，往重里说则是在谋财害命、糟蹋文明！

于是我想，在倡导多读书、读好书的今天，我们还应该提倡对写书、出书持更加神圣、虔诚的心态，每一位作者都应当有高度的社会责任感和对文化的崇敬心，创作出思想性、艺术性俱佳的作品，让书籍真正成为人类进步的阶梯和须臾不可缺少的优质精神食粮。

叫一声小名倍儿亲

每个人都有名字。过去很长时间里，大多数中国人的“名”和“字”是分开而设的，一个人不仅有名，而且还有字，只是当历史走到二十世纪中叶之后，这个传统才有了变化，很少再有人既取名又取字了，原本分开的名与字便合成了一个表达，成了名副其实的名字。

一般来说，每个人至少会有两个名字。一个是大名，也叫学名，用来做公民身份登记、上学谋生求职；另一个则是小名，或者叫乳名，是非正式场合，或者是亲人、密友之间的称呼。当然，还有褒贬兼具、搞笑逗乐的绰号昵称、作家文人的笔名艺名，以及当下千奇百怪的网名，等等，这些又当作另论了。

名正言顺是中国文化的传统。自古以来，中国人取名字就是一件神圣、神秘的大事，远在周朝，就已将取名纳入了礼法，形成制度。家长为自己的孩子取一个大名既是为好记好写，叫起来响亮，更是寄托了满满的希望，望子成龙，望女成凤。盼望后代一生幸福，取一个好名字就是最初的祝福和最美好的期待，名字的不同也体现出不同的文化品位和价值追求。唯其神圣、神秘，所以很多人取名时习惯于从典籍中去寻找内涵丰富、寓意美好又能朗朗上口的词汇。当下，更是有人要翻着《诗经》《论语》甚至是《康熙字典》去寻词摘字，以求出新、出奇、一“名”惊人。可结果，往往却因某些字词的生僻，带来自己很得意，别人却认不得、写不了，甚至不解其意的尴尬。于是乎，帮人取名字也就成为自古以来经久不衰的一种职业，延续至今，街头巷尾仍可见“雅名坊”“芳名斋”一类的商业机构，据说生意也是好得不要不要的，足见人们对取个好名字的看重。

和取个响当当的大名大号稍有不同，每个人小名的得来似乎就要随意一些，并且以冠有小字的居多，如“小虎”“小宝”“小明”等。在中国农村给孩子取的小名还常常和小动物有关，如“狗子”“兔子”“牛儿”，等等，据说是名贱才好养活；或者干脆以家里兄弟姐妹的排行为名，如“小四子”“大丫”“二丫”，等等；也有的干脆随意地以孩子的外貌叫个小名，如“黑子”“扁头”，等等。等到了该上学的年龄，省事

的人家，就在小名前加上自己的姓，“张小牛”“李小虎”等，显得朴实而又简单。也正是这份随意，让人的小名多了一份真诚、纯净。

唤一个人的名字，古来极有讲究。很早的规矩是只有长辈才能唤一个人的名，同辈之间或晚辈对长辈，只能唤其字，至于在大庭广众之下唤一个人的小名则更被当作是不礼貌、不尊重。当然，随着文明的进步，今天的人们早已不再循规蹈矩于这个传统了，称呼变得相对随意起来，只是场合的不同，会在姓名之后，加上“同志”“先生（女士）”或职务等，以示礼貌。而在我看来，和大名大号相比，一个人的小名则要单纯得多，质朴得多，唯其单纯、质朴，叫起来就显得更亲切，更能体现彼此的情谊之深厚。从小到大，能够一直以小名称呼你的人，除了亲人之外，不是发小、街坊，就是趣味相投、形影不离的同学、玩伴了，能互叫小名，说明彼此知根知底，没有心理和情感上的距离感。

我就有几个多少年来一直只呼小名的同伴，尽管如今我们都已步入人生的中年，且也都有一定的社会公职在身，但有空聚到一起，平日电话书信，总是以打小认识时的小名呼唤彼此，这一唤，唤回的是儿时的

记忆，唤回的是心不设防，是坦诚与真挚。

我想会有很多人有着和我一样的经历，在社会上闯荡多年之后，偶尔有一天突然听到有人叫你的小名，会让你产生时光倒流的感觉，你会欣喜一个亲人的意外出现或是故交的不期而至，他乡遇故知的情感也就油然而生了。

也许正因为这个原因，现实中有些别有用心者会把叫小名当作和人套近乎、以谋不义之财的手段，我就曾经遇到过。某日突然接到一个电话，声音很陌生，却一开口就叫了我的小名，弄得我真以为是儿时的玩伴，但接下来他说的却又让我顿生疑心。他说自己在外打工，年底了没结到工钱，想找我借点钱回家。为了增加我对他的信任，他还说最近又见到了谁谁谁（均以小名称呼）那几个从小在一起的同伴。细听之下我发觉，他的名字和所说的一些往事和我记忆中的完全不符合，便果断挂了电话。事后，通过其他老同学联系到了这个小名的真人，才被告知已有几个人向他反馈这个情况，并被冒名者索去了多少不等的钱物。他也不知是何时把自己的小名给丢了。在痛骂骗子、提醒大家注意的同时，笑言才知道一个人的小名还能这么值钱。

小名叫起来固然亲切，但也有些人不愿意尤其是不愿意在公众场合听到别人叫他的小名，特别是一些身居要职，或者有了较高社会地位的人，如果你自认为和他有着从小就建立起的友谊，便大大咧咧地以小名呼之，往往会让双方都很尴尬。或者他会装着没听见，或者他会当场给你以脸色，甚至还会给你带来意想不到的严重后果。反之，忘了自己的小名，以尊者自居，不愿意别人唤自己的小名，也同样会有难料的后果。

当年大泽乡起义胜利后，陈胜称了楚王，他年幼时的伙伴闻讯前来投奔，仗着穿开裆裤就在一起的交情，在大街上肆无忌惮地直呼其小名，陈胜无奈接纳了他们，却也因此埋下了祸根。一个皇帝怎么能容得你随便呼其小名呢？在随后的日子里，皇帝陈胜的权欲、私欲越来越膨胀，自高自大的心理越来越重，对于胆敢唤他的小名、了解他底细的人便刻意疏远甚至加害。这样一来，众叛亲离，不得人心，结果，皇帝的龙椅还未坐热，便丢了卿卿性命。一个忌讳自己小名的人，怎么能够会是一个好皇帝呢？

撇开这些特定的因素不说，生活中还是普通人多，而普通人之间是不需要有太多忌讳和顾虑的，普通人之间，要的是朴实与真诚，看似随意地互相唤一声小名，只会让彼此感到更加亲切和温暖。

叫小名是亲人之间的习惯，清代大诗人袁枚有一首《大姊索诗》就写道："六旬谁把小名呼？阿姊还能认故吾。见面恍疑慈母泪，徐行全赖外孙扶。当前共坐人如梦，此后重逢事恐无。留住白头说旧话，千金一刻对西湖。"六旬之人仍互唤小名，体现的正是兄弟姐妹们血浓于水的亲情。现代漫画家丰子恺心有同感，曾援引这首诗的意境作了一幅漫画，展示出人到年迈、扶老携幼、互唤小名、共忆当年的温馨画面，打动了无数人。明代风流才子唐寅则更是用诗表达了爱人情侣之间互唤小名的那种亲昵、爱恋之情。在《思秋香》中，他写道："想煞你，叫着小名低声应。"在另一首《无题》诗中也写道："秋千荡舞腰肢细，窈窕娇娜与云平。咯咯笑声郎仰面，竹林深处唤小名。"在他的眼中、心里，唯有小名才能体现出最浓的人间温情，小名俨然就是爱人亲密之情的密码、信号。

叫小名也是人与人之间充分信任的体现，不管你当了多大的官，事业有多大的成就，在能叫你小名的人眼里，你永远只是他的亲人、他的同伴、他的挚友，彼此之间，只有情谊的联结，而没有世故的应酬，会让你放下戒心，还原真我。当你意气风发、功成名就之时，长辈们唤一声你的小名，会让你从自满中醒悟，意识到自己不过是个普通人而已；当你遭受挫折、身心疲惫的时候，亲人、挚友唤你的小名，会让你从无助中走出来，产生柳暗花明又一村、危难时节遇亲人的感动。

春节就要到了。在这样一个民族普天同庆的盛大节日里，有很多人会暂时离开自己工作、学习的城市，南下北上、顶风冒雪，带着一腔浓浓的乡情千里迢迢回到自己的故乡，和亲人团聚，和友人重逢。而故乡也会以温暖的怀抱拥抱在外闯荡的游子，友人会以灿烂的笑容迎接久别的故交。这个日子"称名忆旧客"，你的小名无疑会在街头巷尾、茶余饭后不时地响起在耳畔。这一声声的呼唤中，是久别重逢的喜悦，是无微不至的问候。父母唤你的小名，"多少亲昵、多少疼爱、多少开心"，唤起的是儿行千里母担忧、节日喜团圆的欣慰；兄弟姐妹唤你的小名，唤起的是袍泽之情、手足之爱；儿时的伙伴唤你的小名，唤起的是曾经的纯真无瑕、回味的是一起成长的苦辣酸甜。你不用强作欢颜，更不用阿谀奉迎，因为这时是你的"小名时光"，是你的轻松时光、恣意时光。你会猛然意识到，从某种意义上说，回归故乡，就是为了听这一声声小名的呼唤。

老街变奏曲

每个城市，都有一条或若干条记载着城市历史记忆的老街，穿越岁月的风霜雨雪，无言地向人们诉说着曾经的荣华与恩仇。在旅游观光成为时尚的当下，更是有很多城市妙手回春，把老街游打造成了炙手可热的爆款产品，招徕八方宾客、四海游人。休闲度假的人们每到一个城市，少不了会兴致勃勃地去寻访这些老街，期待着通过这些历史的遗存，阅读这座城市的前世今生，聆听来自岁月深处的回响。

说起全国最著名的老街，首推当是安徽黄山脚下的屯溪老街，早在三十年前，它就携唐宋之风、明清之韵惊艳了当代人的视野，无可争议地成为老街游牌局中的“王炸”和“老街文化”的开先河者。这条老街，承载着徽文化的厚重底蕴，映衬着大黄山的绝色天香，白墙黑瓦、青石路面；砖雕木刻、绣楼天井；民宅店堂、五行八作，点点滴滴、角角落落，浓缩了千百年的民俗风情、人文印迹，可谓一道与秀美黄山相得益彰的地域文化风景线。

也许正是屯溪老街的功成名就引爆了全国的老街热，使开发老街古宅、展示民风民俗成为当下各地发展旅游产业的基本功课，其兴也勃勃。概而观之，“建筑与故事”或者说“静态的文化与流动的文化”是支撑老街游的两根中梁、两大法宝，缺一不可，也是老街生命力的魂之所在。那些历史久远、人文古迹保存完好的城市自然不必说，现存老街古巷中的一砖一瓦都不乏耐人寻味的故事和奇巧诡谲的逸闻，天生具备了网红的潜质，犹如含着金钥匙而降生，本钱足、底蕴厚，祖宗的遗产轻巧地就化作了 GDP 盘面中举足轻重的一粒棋子。即便是一些开埠年头不算太久远、有价值的历史遗迹寥寥无几的城市，也按捺不住地使尽浑身解数，在老街牌局上争挤出一份席位，甚至不惜大兴土木地开发、仿（新）建起一条条各具特色的老街，势如雨后春笋，争先恐后。

当然，这些新建、仿建的老街以及支撑这些老街的人文元素也不是完全地捕风捉影、生拉硬拽，好歹都会牵连上某个历史名人、某件历史大事、某些地方风俗，再辅之以演绎、戏说，使原本空瘪的传说有了丰满的血肉，也陡增了许多的观赏性。说是仿建，实有两层意思。一是文化元素的仿，仿的是故事、传说、缘由——不信你回忆一下你走过的那些老街，虽然它们分处天南地北，但你能感觉到那些老街上流传的故事，其脉络走向、情节演变都大体相同，无外乎是某年某月，某位才子、佳人或显官、贵客曾于此行走、公干、访友、度假，潇洒放纵或坎坷蹉跎之中，留下了写景抒情的诗文画作或是缠绵凄楚的绯闻逸事，此街此巷就有了不同寻常的身价；再就是建筑格局的仿，大体是为老街规划一个合适的时代背景，或唐宋，或明清，或民国，或从远古贯穿到近代，再按图索骥，次第建起一座座古色古香的楼阁院落，街由凭空起，巷自无处生，虽然是新的建筑、新的场景，却因为有老的故事、老的文化而同样受到世人青睐。还有某些地方为拍摄古装电影专门搭建的老街外景，待电影杀青、烟云散尽，老街也就成了一处耀眼的景点，一次次圆着游客们穿越时空的美梦。

相信很多人是和我一样，钟情于老街，主要是钟情于这街上的老屋、老树、老石块、老门板，更深层次里，是钟情于这些老物件所蕴含的时代风云的痕迹、社会变迁的印记，从中去触摸过往岁月的人间烟火、去感悟改朝换代的世态炎凉。在我眼里，这些老街是无字的史书，一瓦一页、一砖一行，都是字词诗画句，记录着过往的喜怒哀乐、曾经的风花雪月；是无声的戏剧，一梁一檐、一门一窗，恰如生旦净末丑，演绎着市井的风情、过客的心绪。如我皖南故乡的赤滩老街、码头老街等，这一条条老街以素朴的气质、历史的本色，静静地矗立在历史的长河之畔，如同慈祥的老者安详地沉睡在浓荫修竹下，他那额上的皱纹、稀疏的白发，都深藏着生命的密码、都在无声地讲述着光阴的故事、岁月的沧桑。

然而，世上的事情充满了变数，当老街越来越热，已然蹿为网红之后，老街的剧情便变得杂乱无章，应有的平静荡然无存。或在修复、重建中失去了历史的本色，成为假古董的活标本，或是被不问青红皂白地赋予了新的功能，承载了新的使命，一出内涵丰富的文化大戏被演成了闹剧。走进这些老街，你再也无法静静地去体会时光的流逝、岁月的更替，找不到你心中的那一份向往。抢占你视线的是五颜六色、花里胡哨的商品广告；刺激你耳鼓的是听不清究竟的说唱吆喝。从南到北，从东到西，一家挨一家，一店接一店，都是铺天盖地以特产为卖点的食品，酸甜苦辣咸，应有尽有；赤橙青蓝紫，色艳色浓，即使你带着寻古的初衷，融入这样的老街，你不知不觉地就沦为了一个吃货，不买都没关系，只要你能放下身段、敞开胃口，一路走下去，你就会肠满肚圆，不知不觉地成为一个疯狂的吃货。于是，不经意间，你和同样的吃货，便在饕餮之中黯淡了老街的岁月沧桑。至此，老街不再是历史的陈列馆，而成了吃货的演兵场！

历史悠久的古都北京，老街自然不在少数，除了那条在扩建整修后顿失了历史况味的前门老街，名气冲天的就要数南锣鼓巷了。这条始建于元代的街巷，不过几年，就摇身一变为名闻遐迩的游客打卡胜地，时有人满为患之虞，以至于从某年开始，管理方不得已采取了定时限流措施，以确保游客的人身安全。但在这里，你同样看不到古都历朝历代的痕迹，包围着你的，除了摩肩接踵的人流，就是会聚了中外的美食，即使有几间字画、文物的小店，也都被挤压在各种风味的食品店之间，忍气吞声地做着点缀。而仅有的几处名人故迹，又常常是闭门谢客，“重点保护”，让你不能一探究竟。

前不久，慕名去了一趟山城重庆的磁器口老街，从街头走到街尾，见到最多的竟然是食品、土特产，麻、辣、酸、甜、咸，应有尽有，几乎铺天盖地，连空气中都充斥着油盐酱料的味道，想寻一处巴渝特色的老茶馆也未能如愿。放眼望去，人，确实是熙熙攘攘、兴致勃勃，可与其说是来寻访老街的古迹、风俗，不如说是来特色食品一条街大饱口福。几百米走下来，没有体会到蕴藏在这里的岁月的韵味，甚至看不清它的本来面貌，汗流浃背后，收获的只有一包包“正宗”的豆豉、辣酱，一袋袋口味不同的牛肉、香肠。北京、重庆的老街如此，其他地方的也不例外，难怪很多人在到访过一次这样的老街之后，便再没有了当初的念头，或者干脆就收敛起寻古的初心，只把此行作为采购土特产的一次历练。

眼前这些老街真的就是当年的模样吗？那时的人们来这儿就仅是为了大快朵颐吗？我想，当然不是。相信曾经的街巷，应是安静的百姓居所、养性的大宅深院，有衣食住行、家长里短，有谈笑风生、琴棋书画，平凡的日子、平静的世态，呈现的是一个时代的日常生活景象，是一种怡然自得的人生意境。当然，也有的老街曾是水陆码头、交通枢纽，行走过行色匆匆的客商、停泊过南来北往的车船，或者就是某种商品的集散地。街街巷巷，应当各自有着它们自己的故事和风格，而在当下却统统被营造得恰如乡村的集市，千街一面，喧闹而嘈杂。

商业气息掩盖了老街应有的人文星光，变成了吃货的天堂，只剩下一件老街的外衣——甚至连这外衣也缀满了时尚的补丁，让人眼花缭乱。历史在这里早已面目全非，传统在这里惨遭偷梁换柱，走在这样的老街上，哪里还能有思古之幽情、追昔之意念？哪里还能体会到岁月的沧桑？而这一切都荡然无存之后，老街的价值又体现在哪里？

老街牌究竟怎么打，值得三思。对于新建的仿古老街，你可以随心所欲地把它打造成你想要的模样，“特产一条街”“酒吧一条街”“演艺一条街”，舒展异想天开的翅膀，任由你去定位、经营；唐宋元明清、茶酒烟果菜、士学农工商，披上列朝列代的衣裳，任由你去粉饰、演绎，装点成网红、名胜，如著名的成都锦里那样集大成、汇古今，出奇招、玩花样，也自有别一番风味，可获文化创意的褒奖。但对于那些在岁月烽火中劫后余生的真正的老街，还是应该尊重其本来的面貌，原汁原味地把历史的风情展现给后来者，把文化的积淀传承得更久远。老街应该是一扇窗，让后来人透过它瞭望历史的风云；老街应该是一根线，连接起古往今来的世事变幻。尊重历史，才是传承文化的良策。

去哪儿过年？

当城市街头的梧桐在凛冽的北风中抖落最后一枚叶片，当乡村农舍的屋顶在缠绵的细雨中升起又一缕炊烟；北方的沃野在皑皑白雪中酣然沉睡，南国的园林在朗朗晴空下舒展娇艳，连高天的流云都在兴奋地传递着一个信息——春节，又一个春节就要来啦！凝神静听，你能捕捉到它急促的步伐在大地上叩击出的一声声脆响，由远而近，轻盈而稳健地款款而来！还有什么比这更能让人兴奋的呢？高铁、飞机，天空地上一派繁忙；国内、国际，条条线路人来人往，晨曦微朦中，春运这个让全世界都为之惊叹的人类大迁徙又一次拉开了序幕！

春花秋月、夏热冬寒、日升月落、一年一度！这是一个源远流长的平凡而又特殊的日子，这是一个寄托着无数美好愿望和憧憬的日子。曾经，我们宁愿忍受 364 天的清淡，就为的是能在这一天，把攒了一年的美食全部端到餐桌上、供奉到祖先的牌位前，用充足的油水、丰满的甘甜来犒劳辛勤一年的自己，来告慰保佑世代平安的先辈。各家各户都翻检出压箱底的衣衫，要在这一天让一门老少都旧貌变新颜，为的是开启下一个365天更加光鲜的风景；在心底酝酿了一年的祝词颂歌，要在这一天尽情地表达，为的是在下一个365天里能受到幸运女神的眷顾而美梦成真。然而，岁月的长河中曾有过暗流旋涡，同样的日子里也演绎过不同的喜怒哀乐，承载过不同的酸甜苦辣。那一段时光中，欢乐之余，过年的喜庆里总无奈地飘荡些缺油少糖的愁苦，弥漫着捉襟见肘的尴尬。盼过年，又怕过年，这样的情绪纠缠了我们很久很久。

俱往矣！在阳光灿烂、风调雨顺的今天，我们有足够的理由彻底告别过去的尴尬和拮据，有充分的自豪来随心所欲地摆布这个日子的节奏和排场。“吃什么”早已不再是难题，“穿什么”也不再用花费多少心思，物质的丰盛让生活中的每一天都像在过年、都胜似过年。然而有道是“人无远虑必有近忧”，又恰如“旧恨才去又添新愁”。现如今，在满足了物质的需求之后，“去哪儿过年”却成为让人颇费心思的“甜蜜的忧愁”，成为节日来临之际人们谈论最多的话题。

“去哪儿过年”又似乎不应该是个问题。在高铁、飞机、高速公路成网连片的今天，想去哪儿都很简单便捷。国内从东西到南北，大部分城市之间都基本上实现了朝发夕至或夕发朝至。即使是春运期间一票难求，但早做安排还是能够如愿成行。去国外潇洒走一回再远也不过十几个小时的航班，春节长假的时间也足够让你关山万里飞度，阅尽人间春色。可见，“去哪儿过年”不是对“没法去”的担忧，而是对去“哪儿”这个目的地选择上的焦虑。

去哪儿过年？现实中芸芸众生各有所向、各有所想、各有所动。热爱椰风海韵、喜欢逐浪戏水的人们，或许已订好了飞往三亚、北海的机票，将中意的酒店海景房也早早地“网”在了自己的名下，他们要在这个举国同庆的时刻，远离北风冷雨的肆虐和纠缠，带着家人或亲朋一起去享受海天一色、碧浪黄沙的浪漫；热爱异域风情的人，也许选好了飞往欧罗巴、美利坚或是日韩澳的航班，要用中华民族延续几千年的喜庆，去感染五洲四海的朋友。也有人会留恋都市的繁华，不愿去想缥缈的诗和远方，宁愿宅在家里打发掉几日散淡的时光。对他们来说过年就是度假，是放飞自我、享受自由，用松弛的生活节奏来冲淡职场的焦虑紧张。

但是，年毕竟是年，春节长假更是一个不同于其他任何假期的假期，它除了给了我们一个较长的休闲时光，把我们从紧张繁忙的学习、劳作中解放出来，更重要的是给了我们从物质到精神、从现实到历史的慰藉，更给了我们温习、感悟、践行传统文化，共享亲情友情、尽责尽孝尽忠

的机缘，可以说是一个既有时空长度，又有厚重内涵的特殊假期。“去哪儿过年”这个问题的产生也正可谓这个假期特殊性的另一种表现形式，是“特殊”这个内涵在人们心理上折射出的一道略带忧郁色泽的美丽弧线。

中国传统文化中，团圆是最重要、最永恒的主题，崇尚“家和万事兴”是中国人几千年矢志坚守的道德信念。而这些主题、信念的载体无疑就是那一个个充满温情、希冀而又各具特色的传统节日。春节，便是其中最重要的一个。由于生计、事业的需要以及其他多种原因，每一个家庭不可能一年到头都厮守在一起，都拥挤在一块方寸之地上耕耘。工作、学习让每个人在属于某个家庭的同时，也属于社会，成为特定的社会角色，承担着特定的社会责任。这份责任既是他为社会做出的贡献，也是他人生的动力。为了这份责任，很多人要远离家乡谋生创业，甚至漂洋过海打拼努力，天长日久，家乡便成了一个无法割舍的挂念，乡愁就成为一块难以融化的心结。

恋家思乡是每一个中国人的本性，落叶归根是每一个中国人的向往。面对不能厮守故土、无法朝夕关怀的失落和遗憾，我们智慧卓越的先人们便设计出了一整套可以解乡愁、尽孝道的办法，来缓解精神的压力，释放内心的情感。这就是那些延续了千百年、至今并将永远鲜活和生动的传统节日的意义和价值。每年从元旦开始一直到冬至结束的节气和节日的设定，既是农耕文明时代我们的祖先对自然规律的理解和把握，为的是顺应天时、耕耘收获、生生不息，是一部生活的行动指南，体现了先辈们伟大的科学精神；更是先辈们给自己以及后代们打造的一个精神寄托，为的是展现自我、传播友善、怡情悦性，是一个情感的补偿机制，彰显出先辈们深厚的仁爱情怀。我理解这些节日最重要的指向都是提醒并招呼分散在各地的人们要在这同一个时间里以家为圆心，相聚在同一片屋檐下；或是在这同一个时间里，把心思调节到同一个频率，咫尺天涯，千人一念，万众一心，唱响同一个主题，这主题就是“家和万事兴”。

快过年了！在这样的时刻，对于每一个身处异乡的游子，最美的路是回家乡之路，有钱没钱，回家过年！回家乡，就是过年的最佳选择；和家人团聚，才是过年的根本意义。

没有家乡的年，不能算是年！不在家乡过年，只能算是度假。曾从新闻报道里看到，前几年春节前夕，一些在广东珠三角地区务工的云、贵、川籍的农民兄弟，因为火车票不好买，飞机票又舍不得，便相约结伴自驾摩托车回乡过年。尽管路途遥远崎岖，途中还会遇到雨雪的侵扰，但这一支支摩托大军却毫不畏惧，一路淡定沉着，风驰电掣。车轮滚滚中奏响的是浓浓的思乡之情，漫漫行程上写下的是渴望团圆的诗行。家乡的呼唤、亲人的等待，给了他们勇气和力量，他们用行动诠释了中国人心中年的全部内涵。

年不只是放假，年更意味着团圆。回家过年，在家吃饭，这就是年的滋味。只有在团圆的年夜饭上，给长辈端上一杯美酒，那才是过年；只有在旭日东升的清晨，打开贴着新春联的家门，那才是过年。真正懂得过年意味的人，会把回家过年看作是一年中的头等大事，再大的难处也要克服，再远的距离都不是障碍。小学时有位同学的父亲在外地工作，那个年月交通不畅，他父亲每次回家过年，都要坐一天的汽车、三天两夜的火车，紧赶慢赶、风尘仆仆，才能在除夕傍晚时分赶回家里吃上年夜饭，第二天一早给老人及街坊邻居们拜了年，又要去乡下看望长辈亲戚，歇上一晚后就得踏上回单位上班的路。总共十天左右的假期，来回的路程就要耗费掉五六天，只有一两天和家人的团圆，时间短暂得让人揪心。有街坊心疼他太劳累，说路太远、时间太短还不如就不回来了。但是他却一笑了之，连续几年都是这样匆匆来去，直到调回家乡。他知道每一次的团圆虽然短暂，但却能给全家带来快乐、温暖，带来爱和希望，有了这短暂的一天，此后的364天都会充满阳光。后来，我也远离开家乡到外地求学、工作，家乡成了故乡，才体会到了当年这位父亲的坚毅和执着，那是一种无法抗拒的对于家乡的向往和依恋。其实，每一个远离家乡的人都有着一个共同的心愿，就是：所有的时间都可以在路上，只要能在大年三十这天和家人团聚在一起，能在年夜饭的餐桌上举杯共祝万事如意！

回家乡过年吧！在这一个万家团圆的时刻！

“人生远游固云乐，何似在家长看山。”回家乡过年吧，家乡是你生命的根，是你人生的出发地，那里有等你盼你的严父慈母，有你的兄弟姐妹，有你儿时的伙伴，回家乡过年，就是去感恩去还愿。回家乡过年，你能尝到日思夜想的家乡味道，在贪婪的饕餮中释放乡愁；回家乡过年，你能卸下职场业界的面具伪装，在熟悉的风景里还原本性。这时，你就会明白：家乡的年，才更有年味。

团圆才是年，家乡水最甜。世界虽然大，最大是咱家。

高铁载着故乡向未来

在我的书柜里，摆放着两张经过塑封的高铁车票，衬托着车票的是一幅故乡明山秀水的风光照片。这是四年前京福高铁全线建成通车时，我乘坐首班列车回故乡和从故乡返回北京的车票。在我眼里，这已经不是两张普通的火车票，而是一份珍贵的“文物”，是故乡历史变迁的见证，是故乡几代人美梦成真的缩影，更承载着一个游子对故乡发展变化的喜悦和自豪。

故乡是皖南一个典型的山区县，秀丽的自然风光、丰富的山水资源一直以来都是我们引以为荣的“家底”。然而，漫长的岁月里，群山给了我们呵护，河流给了我们滋养，但山山岭岭、沟沟坎坎也局限了我们走出去的脚步。很多年里，这里不通火车，没有高速公路，甚至没有一级公路——一言以蔽之：交通滞后，出行不便。儿时的记忆中，群山怀抱中故乡最宽畅的道路就是县城里的那条十字街，越往城外，路越窄，到了城郊，除了几条沿着连绵青山七弯八绕的省道公路之外，通往各乡村的大多就是穿行在田间、依偎在山脚下的坎坷小道了，晴天一身土，雨天一脚泥。这样的路况当然也就无法让车辆通行——不要说四轮的汽车了，即使是自行车，在有些地段也只能是换作“车骑人”——要肩扛着车才能通行。而实际上，那时连汽车也很少见，唯一的汽车客运站在县城东门外，每天只开行几趟班车去往邻县或是少数几个通公路的乡村，车次有限，需要提前几天买好车票，在出行当日起大早才能不耽误行程。赶上逢年过节走亲访友的时候，客流激增，车站只得调拨几辆卡车，在车厢上支起一大块帆布，作为临时加班车来应急，没有座椅，乘客只能在车厢里人挨人地站上一两个小时，颠簸着到达目的地。

县域内的交通是这样，出远门、去外地则更是不便。因为没有铁路，必须坐火车出行时，只能先坐上两个多小时的长途汽车，赶到最近的邻县火车站去换乘，费时费力不说，还常常遭遇一票难求而延时误事的尴尬。火车、飞机、大轮船，这些现代、时尚、便捷的交通工具，遥远得让我们只能在电影里才能看到。偶尔有街坊邻居能出差坐趟火车、飞机回来，就会像讲故事一样，把火车、飞机上的所见所闻绘声绘色地给大家讲上好几天。那个时候，电影里银燕展翅、火车疾驶、汽笛长鸣

的画面，收音机、广播里传出的红色流行歌曲“车轮飞，汽笛叫，火车向着韶山跑”的旋律，常常带给我们难以抑制的兴奋和无穷的遐想。“为什么我们这里不通火车？什么时候我们才能坐上火车？”这是当年我们经常问大人和自问的问题。也许是被问得不耐烦了，有次学校的地理老师别出心裁地找到个理由，告诉我们：曾经有规划要在我们这儿修铁路、通火车，但后来规划被调整去支援修建“坦赞铁路”了。现在想来，老师的解释也许只是和我们开个玩笑，但在当时却很好地缓解了我们对家乡没通火车的遗憾和失落。我们豁达地想：不通火车虽然是一个很遗憾的事实，但能够帮助非洲朋友，为发扬国际主义精神贡献一份力量，也是一件值得自豪的事。

不通火车，家乡无疑就缺少了联系外部世界的一条重要纽带。家乡人“出门难，难出门”，在外地工作的乡亲们则是“回家难，难回家”，更关键的是交通的滞后还直接影响到家乡土特产品的外运、影响了家乡旅游业的发展。虽然自古就有“泾川三百里，佳境千万曲”的美誉，虽然一直以“宣纸之乡、红色故里”而自豪，但交通的滞后却让家乡多年藏在闺中人不识，寂寞而无奈。

都说游子在外，心里最牵挂的是故乡。不管走到哪里，不管离故乡有多远，总要忙里偷闲，找到各种理由，踏上回故乡之路，去看望那里的父老乡亲、友朋兄弟。这是一份情怀，更是一份生命的价值。离得越远，越加思念；离得越久，越加想回去。可是，在家乡不通火车的那些年里，游子们的回乡之路无奈地变得曲折而漫长，对故乡的一腔思念之情常常浸透着难言的酸楚。如果说有梦想，故乡当年最大的梦想就是能够早日修通铁路，连接起更远、更美的地方，让我们能够走得潇洒、来得自由，在家门口就能坐上火车去上海、去北京，去看看外面的世界。也让身在外地的乡亲们回家的路变得顺畅便捷，不再纠结于旅途的辗转颠簸、车马劳顿，能一日千里地回到故乡的怀抱。

许多年过去了，故乡的面貌发生了巨大的变化，城乡交通状况也得到很大的改善，一条条水泥、柏油公路连通了各个乡村，公交车、私家车也越来越普及，以往全靠双脚才能走到的远乡僻壤也通了车，出行难的日子算是一去不复返了。然而，家乡仍然有一个牵挂没了却，仍有一个梦想没能实现，那就是几代人日思夜想的火车却仍然不见踪影。蜿蜒的青弋江、苍翠的狮子山，仍然没有听到悦耳的汽笛。火车梦依旧是一个梦！在久久的期盼一次次失望之后，家乡人不禁有些悲观地想：这一座山城会被现代化所遗忘吗？

终于，当祖国豪迈地跨入新时代后，这一份让几辈人不能忘怀的梦想化作了现实！六七年前，京福高铁合福段开工建设、并确定在身为革命老区、红色故里的家乡设立一个站点的喜讯传来，山城沸腾了！父老乡亲们奔走相告，喜上眉梢。许多上了年纪的人不禁老泪纵横，为能在有生之年亲眼看见火车通到家门口、能够亲耳听到魂牵梦萦的汽笛声而感慨万千。高铁站的开工建设成了故乡的一个盛大节日。那一段日子里，高铁、高铁站成了全县关注的焦点，成了无处不谈的话题。车站周围的小山坡上，每天都聚集了四乡八里赶来的男女老少，指指点点地眺望着不远处正在建设的车站工地。他们不是单纯地在看热闹，而是在见证梦想一步步化为现实的过程。无数次只在梦里想过、电影里见过的火车终于将要开到家门口，而且竟一下子跨越了蒸汽机、内燃机，直接开通了最为现代化的高铁，把家乡带入了飞速发展的新时代！这个事实让很多人有一种梦幻般的感觉，走出梦境，每个人的心里则是充满了骄傲和自豪！“跨越式发展”在这里得到了最真实、最直观的体现。

同样兴奋的还有在外地的老乡们，包括我在内，很多人几乎每天都要通过各种途径，打探高铁建设的进展，盼着能早日坐上风驰电掣般的高铁，奔赴日夜思念的故乡，见证让人自豪和骄傲的时刻！2015 年 6 月 29 日，首班车开通，我和在北京工作的十多个同乡如愿地登上了南下的“和谐号”，尽情地体验了一把“火车朝着故乡跑”的快乐。在车上，大家不约而同地回忆起曾经对火车的向往，回味着曾经行路难的苦恼，畅谈着从此刻起朝发午至的顺畅与便捷，动情之处，有人潸然泪下，这一天我们等得太久太久了！这一刻在我们看来就是故乡新发展的一个历史转折点，是故乡融入新时代的标识。四年过去了，这两张精心收藏着的车票，似乎每天都在无言地在讲述着故乡的往事与现实。

过去，家乡人在外面向人介绍家乡的如画风景、山珍美味、人文遗址，一通兴奋、自豪之后，总会在“怎么才能去”这个问题上露出无奈和尴尬，不通火车，没有高速，很长时间里成为家乡发展的致命短板，也成为家乡的锥心之痛。

而今，家乡人扬眉吐气了，再介绍那一方迷人的山水，就会自豪地告诉你：从北京，每天有几趟高铁经过那儿，要不了六个小时，你就能去月亮湾放舟，去桃花潭寻古，去水墨汀溪品茶，去云岭缅怀新四军英勇悲壮的历史，去查济融入小桥流水的图画。这一切的便利和快捷，都是因为有了高铁！

高铁缩短了游子和故乡的距离，让乡愁、乡情得以安放；高铁给家乡插上了腾飞的翅膀，把古城、名郡带往未来。今天北可上首都，南可下福（州）广（州），要不了几年，高铁还将和周边其他高铁线路联网共享，通往四面八方。与此同时，高速公路、国道省道建设也正进一步提速，“三纵四横”的快速交通体系在三百里泾川大地飞针走线，勾画出一幅山乡巨变的壮美时代画卷。高铁挟风裹雨，擦亮了红色故里、宣纸之乡的金质名片；山河流光溢彩，彰显出人文名城、生态福地的蓬勃生机。绿水青山为故乡招财进宝，日新月异看故乡涌动春潮。《坐上高铁去北京》的欢快旋律在乡亲们心头回响，抒发着心中的激情，倾诉着对未来的憧憬。故乡和全中国一样，正登上新时代的高铁，向着伟大复兴的明天加速！